#구멍

#구멍

은이결 지음

라임

차 례

그 여름의 소문

1

교실과 복도는 쑤셔 놓은 벌집 같았다. 아이들이 사방으로 뛰어다니며 떠들었다. 모두가 별일 아닌 건 별일처럼, 별일은 더 큰 별일처럼 우선 떠벌리고 보자는 분위기다. 오늘만 지나면 여름 방학이다.

나는 8반까지 갔다가 되돌아오는 중이었다. 옆 반 녀석이 뒷문에서 날 잡았다.

"우우, 형규. 다시 봤어."

친하지도 않은데 실실 쪼갰다. 또 한 놈이 합류했다.

"뭐 어때? 안 걸렸으면 그만이지."

두 명 다 이름이 생각나지 않았다.

지나가던 여자애도 한마디 했다.

"그게 너야? 배형규였어?"

무슨 말을 하는지 몰라 어리둥절했다. 내 궁금증을 풀어 준 건 두 번째 녀석이었다.

"마트에서 슬쩍했다며?"

"한 번도 걸린 적 없다며?"

나는 주먹을 불끈 쥐었다.

"뭔 소리야? 누가 그래?"

여자애가 말했다.

"애들이 그러던데?"

"그러니까 그게 누구냐고?"

욕이 튀어나오려는 찰나, 복도에 있던 아이들이 불빛을 본 바퀴벌레처럼 순식간에 흩어졌다. 뒤에서 선생님들이 오고 있었다. 선생님들은 남아 있는 아이들까지 교실로 몰았다.

책상 앞에 앉았지만 머릿속은 온통 소문에 관한 생각뿐이다. 빨리 세현이와 주호를 만나야 한다. 우리가 한 일을 알고 있는 사람이 꼭 한 명 있었다.

지난 일요일, 나는 우연히 세현이와 주호를 만났다. 심심했던 우리는 동네를 돌아다녔다. 그날따라 진진 마트가 몹시 붐볐다. 길에까지 내어 놓은 과일과 야채 때문에 어깨를 부딪치며 지나가야 할 정도였다. 대형 마트가 문을 닫는 일요일이라서 동네 마트에 사람이 많은 거라고 주호가 알려 주었다.

우리는 음료수를 사러 마트에 들어갔다. 돈을 가지고 있는 건 세현이뿐이었다. 셋은 하릴없이 진열대를 돌며 구경을 했다. 주호가 둥글고 길쭉한 젤리통을 들고 흔들더니 주머니에 넣었다가 빼냈다. 주호 의도를 알아차렸다. 속으로는 뜨끔했지만 해 보자는 호기심이 생겼다. 우리는 눈빛으로 의견 일치를 보았다. 이럴 때 혼자만 정의로운 척하면 재수 없는 놈이 된다. 물건을 훔쳐 본 건 초등학교 때 딱 한 번뿐이었다. 우린 각자 흩어져서 맘에 드는 것을 하나씩 챙겼다. 세현이가 마지막으로 음료수를 골라 계산대로 갔다.

그런데 마트에 들어오면서부터 계속 우리와 마주치는 아줌마가 있었다. 출입구에서 한 번, 과자 코너에서 한 번, 음료수 코너에서 또 한 번, 세 번이나 마주쳤다. 아줌마는 동작이 엄청 빨랐다. 그사이 장바구니 두 개에 물건을 가득 채워서 세현이 뒤에 줄을 섰다. 아줌마가 출입문 옆에서 세현이를 기다리고 있는 우리 둘을 힐끔거렸다. '너희는 계산 안 할 거야?'라고 묻는 것 같았다. 쳐다보지 말아야 하는데 자꾸만 눈이 마주쳤다. 아줌마가 우리를 부를까 봐 가슴이 조마조마했다.

세현이가 계산을 마치는 것을 보고 주호가 먼저 뛰쳐나갔다. 나와 세현이도 주호를 따라 뛰었다. 테니스 코트를 지나서 아파트 단지로 들어갔다.

"야, 김주호! 뛰면 어떡해? 너무 티 나잖아."

"아우, 몰라. 그 아줌마 뭐냐? 일부러 우리 따라다닌 것 같아."

주호는 세현이가 딴 음료수를 빼앗아 마셨다.

“계산할 때 아줌마가 주머니 것도 꺼내라고 할까 봐 얼마나 불안했는데.”

그때 주호가 소곤거렸다.

“야, 왔어. 돌아보지 마.”

하지만 나와 세현이는 동시에 돌아보았다. 그 아줌마였다. 큰 비닐봉지를 양손에 하나씩 들고 걸어오고 있었다. 아줌마는 걸음도 엄청 빨랐다.

“뛰지 마, 뛰지 마.”

말해도 소용없었다. 주호는 또 뛰었고 세현이는 경보를 하듯 성큼성큼 앞서가며 계속 돌아보았다. 나도 모퉁이를 돌자마자 뛰었다. 우린 그날, 초등학교 운동장 그늘에서 훔쳐 온 것들을 나눠 먹었다.

마트에서 우리를 본 건 그 아줌마뿐이었다. 그런데 아이들까지 알고 있는 게 이상했다. 어쩌면 이 학교 학부모인지도 모른다. 머릿속이 복잡했다.

방학식이 TV로 중계되기 시작했다. 담임은 아이들에게 조용히 있으라고 이른 뒤 나를 밖으로 불렀다. 나는 아무 생각 없이 복도로 나갔다가 돌연 담임에게 이끌려 상담실로 갔다.

상담실에는 웬 아저씨가 있었다. 어딘가에서 본 것 같았지만 생각이 나지 않았다.

“이 학생 맞나요?”

“네가 3학년 배형규야? 배형규면 맞아요.”

담임 말에 아저씨가 대답했다.

담임이 나를 의자에 앉힌 후 조곤조곤 설명했다. 아저씨는 진진 마트 책임자이고, 내가 마트에서 물건을 훔친 걸 알고서 학교로 찾아왔다고 했다.

"형규야, 아저씨 말이 맞니?"

나는 얼굴을 다리 사이로 처박았다. 한 가지 생각만 났다. 뽕 하고 사라지고 싶다는. 담임이 내 대답을 재촉했다. 나는 문 쪽을 힐끔거렸다. 세현이와 주호도 곧 들어올 것이다.

"뭘 물어요? 표정 보니 딱 알겠구먼. 내가 한 놈만 걸려라 하고 벼르고 있었어. 이 자식아, 마트가 네놈 냉장고인 줄 알아?"

아저씨가 당장 부모님을 부르라고 했다. 정신이 번쩍 들었다.

"진진 마트 간 적 없는데요."

일단 잡아떼기로 했다. 아저씨는 조금 전 나에게 배형규냐고 물었다. 그건 배형규 얼굴을 모른다는 뜻이다. 배형규가 훔쳤다는 증거도 없었다.

아저씨가 버럭 소리를 질렀다.

"지난주 일요일 세 시 반, 진진 마트에서 천이백 원짜리 구슬 초콜릿 안 훔쳤단 말이지? 좋아. 선생님, 이놈이랑 경찰서로 갑시다. 그동안 잃어버린 거 이놈한테 다 물라고 할 겁니다."

나는 벌떡 일어나는 아저씨 옷자락을 덥석 잡았다.

"천이백 원 드리면 되잖아요."

아저씨가 나를 한심하게 내려다봤다.

"이 자식이 아직 상황 파악이 안 되나 보네. 내가 천이백 원 받자고, 아침 장사 안 하고 여기 온 줄 알아?"

아저씨는 담임에게 무조건 부모님을 부르라고 했다. 그건 내가 물건을 훔쳤다고 확신한다는 뜻이었다.

"이런 놈이 한둘이 아니에요. 이참에 확실히 해야 해요. 학교 책임자도 오라고 하세요."

마트에서 물건을 훔치는 애가 한둘이 아닌데 나만 잡혀 왔다. 같은 시각, 같은 장소에서 같은 짓을 했는데 다른 두 놈은 보이지도 않았다.

담임은 아저씨와 나를 남겨 두고 상담실을 나갔다. 나는 세현이든 주호든 누구라도 들어오길 바라며 문을 쳐다보았다. 아저씨는 이따금씩 나를 노려봤다. 목이 조여 왔다. 배가 뜨끔뜨끔 아팠다. 상담실 시계는 너무 느렸다. 교실로 가서 수업을 하라고 하면, 아니 종일 시험을 보자고 해도 만세를 부르며 뛰쳐나갔을 것이다.

엄마가 왔다. 교감과 학년 부장도 왔다. 복도가 다시 시끄러워진 후에야 담임이 돌아왔다. 바깥 소음이 조금씩 줄어들었다가 끊겼다. 아이들이 방학을 했다. 세현이와 주호는 끝내 오지 않았다.

모두가 앉은 자리에서 아저씨가 휴대폰을 들이밀었다. 휴대폰을 본 사람들이 차례로 나를 보았다. 마지막으로 엄마에게 휴대폰이 왔다. 엄마와 나는 거의 동시에 움찔 놀랐다. 누군가 옷 속으로 초콜릿을 집어넣는 동영상이 재생되고 있었다. 동영상은 대각선 위쪽에서 아래를 내려찍은 것으로, 화질이 선명하진 않았다. 그러나 우리는 단번에 알아보았다. 화면 속 주인공은 나였다.

아저씨는 비겁했다. 증거를 가지고 있으면서도 담임과 나에게 한 마디도 안 했다. 부모님과 학교 책임자가 올 때까지 아껴 둔 것이다. 동영상을 본 담임도 나만큼 당황했다.

"요 앞 사거리에서 학생 열 명만 잡고 물어보면, 이놈이 공심중학교 3학년 배형규라는 게 딱 나옵니다. 긴말 필요 없지요. 저놈은 아직도 뭘 잘못했는지 몰라요. 선생님들, 제가 경고합니다. 이 학교 학생, 한 번만 더 걸리면, 바로 경찰 부릅니다."

엄마가 '저기~.' 하며 말을 꺼내려는데 아저씨가 대뜸 소리를 질렀다.

"이거 캡처해서 마트 전단지랑 같이 뿌리려다가 참았어. 너, 운 좋은 줄 알아! 이 자식아."

나는 아저씨에게 동영상을 다시 보여 달라고 했다. 아무리 봐도 나뿐이었다. 세현이와 주호는 발끝 하나 찍히지 않았다.

"아저씨, 이거밖에 없어요?"

"왜? 너무 짧아서 아쉽냐?"

아저씨는 모두가 보는 앞에서 동영상을 삭제했다. 자비를 베푸는 왕이라도 되는 양 거만하게 굴었다.

엄마는 두 손을 배꼽에 딱 붙이고 탁자에 닿을 만큼 머리를 숙였다. 죄송하다는 말을 후렴구처럼 몇 번이고 되풀이했다.

"죄송하면 교육 좀 잘 시켜요!"

아저씨는 단칼에 상황을 마무리 지었다. 어른들은 상담실을 나가는 아저씨 뒤통수에다가 또 고개를 숙였다. 교감과 학년 부장이 따라 나갔다.

그제야 엄마가 나를 보았다. 눈알이 튀어나올 만큼 눈에 힘을 주고 있었다. 할 말이 없었다. 아니, 할 말은 많았지만 아직은 아니었다. 지금은 학교에서 빨리 벗어나고 싶은 마음뿐이다.

나는 가방을 챙기러 교실로 갔다. 가방을 들고 복도로 나오는데 화장실에서 세현이가 불렀다. 내가 상담실로 불려 간 걸 알고 기다린 것이었다. 나는 세현이가 너무 반가워서 팔을 덥석 잡았다.

“나만 걸렸어. 왜, 왜, 왜 나만 CCTV에 찍혔냐고?”

“우리랑 같이 있었다는 거 안 불었지?”

“안 불었다니까. 그래서 더 억울하다고.”

세현이가 내 어깨를 툭툭 쳤다.

“넌 입이 무거울 줄 알았어. 계속 비밀 지켜. 셋이 혼날 필요 없잖아. 다 같이 혼나도 달라질 게 없어.”

그 말뿐이었다. 세현이는 어른들 앞에서 망신을 당한 내 기분을 위로해 주지도 않았고, 혼자 죄를 뒤집어쓴 내 심정을 알아주지도 않았다. 녀석은 따닥따닥 슬리퍼 소리를 내며 계단을 미끄러지듯 내려갔다. 자신이 마트 일에 걸려들지 않은 게 마냥 즐거운 것 같았다. 내가 지킨 건 비밀이 아니라 의리였다.

“야, 난 이제 어떡해?”

세현이는 이미 계단참을 돌아가서 보이지 않았지만, 불쑥 목소리가 올라왔다.

"너, 빌라 앞에 있는 푸른 문방구 알지? 거기 출입 금지라며? 거기에서도 걸렸냐?"

"갑자기 문방구가 왜 나와? 거긴 전혀 아니야."

푸른 문방구에 출입 금지라니, 사실이 아니다. 확실한 증거도 있다.

"배형규, 이제 그만해. 그러다가 개망신 당한다."

나는 세현이를 쫓아 내려갔다.

"야! 새끼야, 그 문방구는 우리 할아버지가 하는 거라고. 미쳤냐? 거기서 그 짓 하게? 우리 할아버지가 미쳤냐, 날 출입 금지시키게?"

현관까지 쫓아갔지만 교문을 빠져나가는 세현이 뒷모습만 겨우 보였다.

교문 앞에 엄마가 있었다. 나를 보더니 '덥다, 집에 가자.'고 했다. 화를 내지 않아서 더 무서웠다. 이대로 넘어갈 인자하신 분이 아니었다. 엄마가 분노를 차곡차곡 쌓는 동안, 나는 앞으로 닥칠 폭풍의 세기를 가늠했다. 다리가 무거웠다. 머리는 더 무거워 바닥에 내려놓고 싶었다. 아마도 아빠가 돌아오는 저녁에 폭풍이 몰아칠 것이다.

방으로 들어갔던 엄마가 머리를 싸쥐고 다시 나왔다. 내 콧등에 휴대폰 화면을 바짝 붙였다.

학교 주변 상가에서 항의가 들어옴에 따라, 절도 행위가 적발된 학생은 선도 위원회를 열어 엄하게 처벌할 예정입니다.

적발, 적발! 이놈의 적발이 문제였다. 세현이와 주호처럼 걸리지만 않았다면 아무 문제가 없었다.

엄마는 전교생에게 내 도둑질을 알린 거나 마찬가지라며 분통을 터뜨렸다.

"너라는 거 소문나면 어쩔래?"

소문은 벌써 났다.

나는 아파트 복도로 나갔다. 긴 복도엔 현관문을 열어 두고 밖에다 자리를 깔고 앉아 있는 어른들이 있었다. 복도가 집보다 아주 조금 시원하긴 했다. 벽 그늘 아래로 들어가 등을 기댔다.

도둑놈으로 찍혀 버렸지만 아직은 살아날 구멍이 있다. 주호가 나서서 말을 해 준다면 부모님 화도 조금은 누그러뜨릴 수 있을 거다. 젤리통을 훔친 건 주호가 먼저였다. 슬쩍하자고 신호를 보낸 것도 주호였다. 그것만이라도 확실하게 하고 싶었다.

주호는 오랫동안 전화를 받지 않았다. 등이 축축해졌다. 머리카락이 이마에 달라붙었다. 학교에서 돌아오던 꽁지가 나를 보고 혀를 날름 내밀었다. 끈질긴 시도 끝에 주호와 통화가 되었다.

"분명히 네가 먼저 했잖아. 세현이랑 나는 따라 한 거고."

"그런가……? 기억이 잘 안 나. 근데 넌 좀 다르더라."

"뭐가?"

"힐끔거리지 마라, 뛰면 티 난다, 주머니 말고 티셔츠 속에 숨겨라. 그런 거 네가 가르쳐 줬잖아."

"그래서?"

"그건 많은 경험으로 터득한 요령 아니겠냐? 그리고 마트에 들어간 건 네가 먼저잖아."

어이가 없었다. 주호도 이 사건에서 빠져나가려고만 했다. 나는 담임에게 둘 이름을 불어 버리겠다고 했다.

"동영상에 너 혼자만 있는데 그 말을 누가 믿어 주겠냐?"

"그래서, 나 혼자 다 뒤집어쓰라고?"

"난 동영상도 소문도 없어. 넌 소문이 워낙 안 좋아."

주호가 들려준 이야기는 빌라 앞 푸른 문방구 출입 금지보다 훨씬 더 강력했다. 소문 속 배형규는 멀리 원정을 가서까지 도둑질을 했다. 다른 학교 교복을 입고 도둑질을 하는 눈속임에, 친구들을 바꿔 가며 망을 보게 한 후 훔친 물건을 나눠 주는 고단수 상습범으로 둔갑해 있었다.

"애들이 필요한 거 말하면 다음 날 바로 구해다 준다며?"

"어느 새끼가 그딴 소릴 해? 당장 이름 대!"

"몰라, 누군지. 그냥 소문이 그렇다는 거지."

주호가 슬쩍 꼬리를 뺐다. 나는 누구에게 들었냐고 물고 늘어졌다.

주호는 날더러 귀찮게 군다고 했다.

"그러니까 걸리지 말았어야지."

그러고는 전화를 끊어 버렸다. 뭐, 이딴 놈이 다 있어!

"억울해! 이 배형규는 억울하다고!"

내 편이 없다. 치사한 놈들, 의리도 모르는 놈들. 세현이와 주호는 시련을 혼자 감당해야 하는 내 심정을 알아주기는커녕 나에게 붙은 황당한 소문을 철석같이 믿고 있었다. 시간도 내 편이 아니었다. 방학 동안에 도둑놈을 넘어 상습범으로 부풀려진 소문이 사방으로 퍼져 나가게 생겼다. 소문을 내는 놈들을 잡아 입에 똥 덩어리를 처넣고 싶었다. 가장 먼저 잡아 족칠 놈들은 당연히 세현이와 주호였다.

땀구멍마다 덥다고 아우성이다. 그늘이 발치까지 짧아져 있었다. 나는 계단으로 옮겨 갔다. 세현이와 주호에게 예고장을 날렸다.

죽여 줄 테니 기다려!

그때 종알종알 말소리가 들렸다. 아래층 복도 끝에 꼬맹이가 있었다. 꼬맹이는 화분 옆에 쪼그리고 앉아서 뭔가를 머리 위로 치켜들고 중얼거렸다. 자세히 보니 술병이었다.

나는 아래로 내려갔다. 꼬맹이는 생수병에 든 물을 소주병에 옮겨 담고 있었다. 물이 병 밖으로 줄줄 흘렀다. 꼬맹이는 다시 소주병을 햇빛에 비춰 본 후 물을 더 담았다. 입술을 한껏 오므리고 생수병과 소주병 주둥이를 맞추는 모습이 진지했다.

"내가 먹을 거 아녜요. 우리 아빠 줄 거예요."

꼬맹이는 나를 쳐다보지도 않고 말했다.

"누가 물어봤어?"

그걸 누가 먹든 상관없었다.

"이거 물 아니에요. 술이에요."

꼬맹이가 씨익 웃는다. 내 생각을 다 안다는 듯.

2

재활용품을 버리는 날이었다. 놀고먹는 대가로 내게 맡겨진 일 중 하나였다. 설거지도 청소도 싫지만, 재활용품을 버리는 건 늦잠을 잘 수 없어서 가장 귀찮았다. 그러나 103동에서 나올 수 있는 유일한 날이기도 했다.

한 층에 여덟 집이 사는 15층 복도식 아파트 엘리베이터는 아침이면 언제나 붐볐다. 층마다 엘리베이터가 멈추어서 1층까지 내려가는 것도 오래 걸렸다. 재활용품을 버리는 날은 특히 더했다.

8층에서 멈춘 엘리베이터는 이미 꽉 차 있었다. 나와 꽁지는 바닥에 놓인 상자들을 발로 밀면서 안으로 비집고 들어갔다.

뒤에서 말소리가 들렸다.

"복도에 세워 둔 자전거도 가져갔다면서?"

"타고 다니면 걸릴까 봐, 요 앞 자전거 수리 트럭에 팔았다잖아."

이야기가 왠지 친숙하다.

"그 정도면 배달되는 우유랑 건강 음료 빼 가는 건 일도 아니지, 뭐. 매번 시간 맞춰 받을 수도 없고. 벌써 세 개째야. 자기 집도 그렇지? 끊어야 돼, 어째야 돼?"

"조심하는 거 말고 별수 있나? 어쨌든 한 사람 짓인 건 분명해."

꽁지가 날 힐끔거렸다.

'뭘 봐?', '오빠지?', '내가 뭘?', '오빠잖아.', '닥쳐.' 우린 소리 죽여 입을 뻥긋거렸다.

엘리베이터가 1층에 섰다. 가장 먼저 내릴 수 있어서 다행이었다. 나는 종이가 든 상자를 들고 달렸다. 꽁지가 한 손엔 플라스틱이 든 봉지를, 또 한 손엔 비닐이 든 봉지를 흔들며 쫓아왔다.

"오빠."

"닥치라니까."

나는 재활용품을 수거하는 곳에 종이 상자를 던져 놓고 달아났다. 자전거를 팔아먹은 건 나였다.

지난주에 우리 층 끝집 801호가 이사 갔다. 이사를 가기 며칠 전, 아저씨가 지나가는 나를 불러서 자전거를 안겼다. 필요한 건 아니었는데 일단 자전거를 끌고 왔다. 새거나 다름없었지만 구형이었다. 뒤에 아이를 태우는 보조 의자까지 달려 있어서, 학생이 타고 다닐 분위기는 아니었다. 그래서 아파트 입구에 오는 자전거 수리 트럭 아저씨에게 팔았다. 트럭 아저씨는 만 원밖에 안 주면서 엄청 생색을 냈다.

엘리베이터 안에 있던 아줌마들은 그 이야기를 하고 있는 것 같았다. 난 자전거를 훔치지 않았다. 배달되는 우유와 건강 음료에도 당연히 손을 대지 않았다.

엄마와 아빠에게 혼이 난 지 닷새밖에 안 지났다. 나는 불같이 화를 내는 아빠에게 세현이와 주호도 함께한 일이라고 말해 버렸다. 황당한 소문을 그대로 믿는 녀석들에게 나만 의리를 지킬 필요가 없었다. 그러나 공범이 있다는 것으로 부모님 화를 누그러뜨리진 못했다. 엄마는 물건을 훔친 게 이번 한 번뿐이라는 것도 믿지 않는 눈치였다. '이번만 그랬어?'라며 몇 번이나 나에게 확인했다. 내가 상습범이라는 소문이 집에까지 왔을까 봐 마음을 졸였다.

아빠는 방학 동안 밖으로 나갈 생각은 하지도 말라고 했다.

"볼일 있으면 엄마든 꽁지든 데리고 가."

그건 놀지 말라는 거다. 내 인간관계를 끊어 버리겠다는 거다. 세현이와 주호를 응징하러 가지도 못한다. 속이 부글부글 끓었다. 다음 날 반성문을 내러 학교에 다녀온 게 마지막 외출이었다.

저녁에 꽁지가 부모님에게 몽땅 일러바쳤다. 엘리베이터 안이 살벌했다는 거짓말까지 했다. 꽁지는 내가 자전거를 판 걸 아는 유일한 사람이었다. 공짜로 생긴 만 원으로 아이스크림에 치즈볼까지 사 줬는데 배신을 했다. 나는 자전거를 훔친 게 아니라고 진심을 다해 말했다. 배달 음료가 어떻게 생겼는지 본 적도 없다고 했다.

'그렇지, 형규가 그런 걸 왜 훔쳐?' 하고 엄마가 웃어넘길 줄 알았다. 아들이 누명을 쓴 걸 어이없어하며 '어떤 망할 놈의 입들이 그딴 소릴 했냐?'고 평소처럼 욕을 날려 줄 거라 생각했다.

그러나 엄마는 소리를 빽 질렀다.

"넌 요즘 뭔 짓을 하고 다니는 거야?"

"내가 훔친 건 마트 초콜릿 하나뿐이라니까."

아빠가 말없이 노려보았다. 화를 내는 엄마보다 속을 알 수 없는 아빠가 더 무섭다. 나는 손으로 바닥을 짚고 한쪽 다리를 세웠다. 여차하면 바로 달아날 거다. 이제 집에서까지 상습범이 아니라고 해명해야 했다. 일이 자꾸만 꼬인다. 누군가 내 인생을 맘대로 갖고 노는 것만 같다.

한참 만에 아빠가 입을 열었다.

"도둑질은 그 한 번, 그러니까 처음이 가장 나쁜 거야."

아빠는 꼭 도둑질이라고 했다. 도둑질이라고 하면 내가 도둑놈이 된다. 나는 그저 딱 한 개만 훔쳤을 뿐인데.

꽁지까지 합세했다. 꽁지는 손자들 중에 가장 어리다고 할아버지가 붙여 준 별명이다. 막내 삼촌이 2세를 보지 않는다면 꽁지는 어른이 되어도 꽁지로 남게 된다. 고작 맨 끝에 붙어 있는 주제에 할아버지가 가장 귀한 놈으로 꼽는 나와 맞먹으려 든다.

"아빠, 아침에 얼마나 조마조마했는지 알아? 아줌마들이 오빠한테 '너지!' 이럴까 봐."

날 생각해 주는 척하지만 절대로 아니었다.

"오빠랑 다니기 싫어. 창피해."

"엄마도 창피해."

엄마는 꽁지와 뭐든 잘 통했다. 특히 나를 공격하는 건 죽이 척척 맞았다.

"엄마, 나 그거 생각나. 오빠가 초등학교 다닐 때 할아버지네 문방구에서 장난감을 막 집어 와서 걸핏하면 혼났잖아. 나중에 엄마가 문방구에 못 가게 했지, 그치?"

맞다. 나도 생각난다. 초등학교 4학년 때 할아버지가 문방구를 시작했다. 나는 학교를 마치면 곧바로 할아버지가 하는 문방구로 뛰어갔다. 그곳엔 갖고 싶어 군침을 흘리게 만드는 새로운 것들이 잔뜩 쌓여 있었다. 요것조것 만져 보고 먹어 보는 재미가 엄청났다. 집으로 올 땐 언제나 주머니가 불룩했다. 그건 훔친 게 아니라 그냥 가져온 거였다.

"나, 전학시켜 줘."

이 방법밖에 없다. 학교도 동네도 싫다. 나 몰라라 하는 놈들도 싫고 헛소문을 퍼뜨리는 사람들도 싫다.

엄마는 어림도 없다고 했다. 그렇다면 할아버지에게 말하는 수밖에 없었다. 엄마와 아빠를 이길 사람은 할아버지뿐이니까.

복도로 나와 벽에 등을 붙이고 앉았다. 복도 옆 계단이 나에게 허락된 장소 중 최전방이다. 내가 문방구 도둑으로 몰린 걸 알면 할아버지는 무진장 슬퍼할 거다. 내가 문방구 것들을 집어 와도 할아버지는 나에게 도둑놈이라고 말한 적이 한 번도 없다.

할아버지는 파전에 막걸리를 먹는 중이라고 했다. 나는 목소리를 착 깔아서 엘리베이터에서 있었던 일을 말했다.

"제가 맛도 없는 건강 음료를 왜 훔쳐 먹겠어요? 공짜로 줘도 싫거든요."

내가 문방구 도둑으로 몰렸다는 대목에서는 억울한 감정을 더 살렸다. 전학도 가고 이사도 가고 싶다고 했다.

"고약한 소문이 왜 붙었어? 우리 형규가 뭘 잘못했다고."

"그게 다 마트 동영상 때문이에요. 저만……."

쩝쩝 파전을 먹는 소리가 뚝 끊겼다. 아차, 후회를 하는 찰나에 할아버지 고함이 휴대폰 밖으로 나왔다.

"동영상? 뭐가 어째?"

나는 전화를 끊어 버렸다. 할아버지는 물건을 훔치는 녀석들을 잡으려고 CCTV를 돌려 보는 것에 시간을 다 빼앗기는 사람이었다. 그것 때문에 눈알이 빠질 지경이라고 했다.

곧바로 집 안에서 전화벨이 울리는 소리가 났다. 나는 계단참으로 도망쳤다. 할아버지는 아빠에게 나를 당장 그쪽으로 보내라고 말할 것이다. 전화를 먼저 끊어 버린 것도 문제였다. 할아버지는 예의 없는 걸 가장 싫어했다. 내가 볼 땐 아빠도 예의범절이 깍듯한 사람은 아니었다. 특히 떠돌이 막내 삼촌은 예의하고는 거리가 멀어 보였다.

엄마가 나를 부르러 왔다.

"당장 안 들어와? 동네방네 소문내고 싶어?"

"엄마가 사람들에게 말 좀 해. 내가 배달 음료 훔친 거 아니라고 소문 좀 내라고."

"우리 형규가 마트에서 초콜릿 훔친 것만 맞고 다른 건 헛소문이에요, 이렇게? 억울하긴 뭐가 억울해? 훔친 것도 맞고 자전거 팔아먹은 것도 맞잖아. 이 도둑놈아!"

"아들한테 꼬박꼬박 도둑놈이라고 하고 싶어?"

"그러니까 일 좀 벌이지 마. 제발 부탁이다."

엄마는 내 머리를 야무지게 쥐어박았다.

꽁지까지 나와서 종알거렸다.

"오빤 삼촌 닮았대. 막내 삼촌이랑 똑같대."

"시끄러워. 꺼져!"

본 적도 없는 막내 삼촌은 꼭 이럴 때 등장했다. 할아버지는 손자들이 당신 마음에 안 들 때면 막내 삼촌을 갖다 붙였다.

모두가 내 이야기의 요점을 잘 몰랐다. 나는 억울하다고 말하는데 가족들은 하나같이 훔쳤다는 것만 듣는다. 내가 주동자가 아니라고 말해도 엄마 머릿속엔 마트 아저씨가 보여 준 CCTV 영상만 남았다. 사람들은 자신이 듣고 싶은 것만 듣는다. 나를 조금도 생각해 주지 않는다.

"형이 젤 시끄러워요."

아래에서 꼬맹이 목소리가 올라왔다.

"야, 꼬맹이! 까불지 마."

꼬맹이가 계단 난간 사이로 올려다보며, 여덟 살은 꼬맹이가 아니라고 대꾸한다.

"형한테 형규라고 안 하고, 꼬맹이라고 하면 좋아요?"

꼬맹이는 내 이름도 알고 있었다.

"여덟 살이랑 열여섯 살이랑 똑같냐?"

"형도 학생이고 나도 학생이잖아요. 난 꼬맹이 아녜요. 훈이에요."

똑바로 자른 앞머리가 밉살스러웠지만 귀여웠다. 역시 꼬맹이가 딱이다.

나는 아래로 내려갔다. 꼬맹이는 또 소주병에 물을 채우고 있었다.

"뭔 짓이야? 네가 연금술사냐?"

나를 쳐다보는 두 눈이 그게 뭐냐고 묻는다.

"돌을 금으로 바꾸는 거. 넌 물을 술로 바꾸잖아."

훈이가 손뼉을 치며 좋아했다. 연금술사라는 말이 맘에 드나 보다.

"아빠가 보면 안 되니까."

"아빠 집에 있어?"

"네, 맨날."

훈이 아빠는 매일 집에서 술을 마시나 보다. 아이에게 술을 가져오라고 시키는 아빠는 어떤 사람일까? 의심이 뭉글뭉글 피어올랐다.

"아빠 무서워?"

"형은?"

“나야 무섭지.”

“왜?”

“말을 잘 안 해. 뭔 생각을 하는지 몰라. 넌?”

“형 아빠는 왜 말을 안 해?”

“그것도 말을 안 해 줘서 몰라.”

“아빠한테 물어봤어?”

“야, 내가 먼저 물었잖아.”

녀석이 대답은 하지 않고 나를 캐려고만 한다. 훈이는 또 이히히 웃었다.

“웃지 마. 넌 가짜 술 매일 만들어? 아빠가 맨날 찾아?”

이히히, 하다가 내 표정을 보곤 웃음을 참았다.

웃을 일이 아니었다. 통통한 꼬맹이 볼이 울긋불긋했다. 무릎엔 큰 밴드가 두 개나 붙어 있었다. 언제였더라? 봄이었는지, 아니면 그보다 이른 올해 초였는지 잘 생각이 안 나지만, 우리 동이 무지 시끄러웠던 적이 있었다. 어느 날 새벽에는 119까지 왔다.

“아빠가 때려?”

훈이가 손을 치켜드는 바람에 술병이 쓰러졌다. 물이 쿨렁쿨렁 쏟아졌다.

“아, 씨! 우리 아빠가 얼마나 좋은 사람인데…….”

훈이가 벌떡 일어났다. 반바지 아래 가느다란 종아리가 흉터투성이다.

"야, 좋은 아빠가 아들한테 술 가져오라고 시키냐?"

훈이가 씩씩거렸다.

"아빠가 시킨 적 없어. 그냥 내가 하는 거야. 우리 아빠는 말 안 해도 하나도 안 무서워. 아빠는 이제 자동차 안 좋아해. 자동차보다 술을 좋아해."

훈이가 '형, 가!' 하고 물통과 술병을 들고 집으로 들어갔다. 딸깍, 문 잠그는 소리가 들렸다.

자존심이 센 놈이다. 남들이 아빠 흉을 보는 걸 싫어했다. 그러고 보니 녀석이 자꾸만 반말이다. 나는 현관문에다 귀를 대었다. 텔레비전 소리만 들릴 뿐 어른 목소리는 들리지 않았다. 훈이 아빠도 말하는 걸 싫어하나? 술만 가져다주면 조용한 사람일까? 얼마나 취했으면 물과 술을 구분하지 못할까……. 한참을 서 있어도 상상했던 소리가 들리지 않았다.

그때 복도 쪽 창문이 벌컥 열렸다.

"뭘 봐?"

조그만 얼굴이 톡 튀어나와 소리를 빽 질렀다. 창문 너머를 기웃거렸지만 사람이 보이지 않았다.

"야, 뭔 일 있으면 우리 집으로 와. 위층, 808호."

"형 계속 안 가면 경비실에 신고할 거야. 뭐 훔치러 왔다고 신고할 거라고."

훈이가 창문을 쾅 닫고는 얼른 걸어 잠갔다.

"아우, 쪼그만 게."

녀석이 날 도둑 취급했다. 우리 동에서 물건이 없어진다는 소문이 꼬맹이 귀에까지 들어간 걸까? 자전거와 배달 음료를 훔치는 게 808호 배형규라고 벌써 소문이 났나?

나는 소리를 질렀다.

"이 배형규는 결백해! 결백하다고. 아무것도 안 훔쳤어."

소리가 빈 복도를 타고 퍼졌다. 녀석은 나와 보지 않았다.

계단 위에서 꽁지가 불렀다.

"오빠, 아빠가 빨랑 오래."

"전학시켜 준대?"

꽁지가 흥 콧방귀를 꼈다.

"할아버지가 오래."

나는 집으로 들어가기 전에 꽁지에게 물었다.

"아래층에 사는 애 알아?"

"아니, 몰라. 왜?"

훈이 이야기를 들은 꽁지가 인상을 팍 썼다.

"그게 뭐야, 이상하게."

"그치? 저번에 119 왔었잖아."

"119였나? 경찰차가 온 것 같은데."

"아무튼 이상하지? 신고해야 하는 거 아니야?"

"하지 마. 신고하면 그 아저씨가 오빠에게 복수해. 우리 반 남자애들도 선생님한테 일러바치는 애들에게 꼭 복수하거든."

"아휴, 이게 그거랑 같냐?"

"아 몰라. 난 이제 계단으로 안 다닐 거야. 늦어도 무조건 엘리베이터 탈 거야."

내 동생은 참 단순했다.

3

토요일이었다. 전화벨이 계속 울렸다. 집에 아무도 없는 것 같았다. 전화가 끊겼다가 다시 울렸다. 하는 수 없이 거실로 나갔다.

수화기 너머로 할아버지 목소리가 들렸다.

"형규야, 치봉이 온단다."

"치봉이가 누구예요?"

"네 막내 삼촌. 아주 온대, 살러 온대."

아! 막내 삼촌. 드디어 떠돌이 삼촌이 한국에 온다. 나는 십육 년 만에 처음으로 삼촌을 보게 된다.

삼촌이 처음 집을 나간 건 고등학교 때라고 했다. 할아버지 돈을 훔쳐 야반도주를 했는데, 옆 동네 여고생과 함께 달아나서 집이 발칵 뒤집혔단다. 여고생 아버지가 찾아와서 할아버지 멱살까지 잡았다나

뭐라나.

"겨우 고등학교 졸업장을 받게 해 줬더니만, 군대 가기 한 달 전에 네 할머니 쌍가락지를 훔쳐 내뺐어."

그뿐이 아니었다. 삼촌은 군에서 제대한 날, 밥 한 끼만 먹고 나가서 반년 후에 연락이 왔는데 외국이라고 했다는 것이다. 그때부터 삼촌은 해외에서 사업을 한다고 할아버지 돈을 엄청 가져갔다. 그것 때문에 할아버지 자식들은 모두 삼촌을 싫어했다.

삼촌은 한곳에 머물지 않았다. 모두가 삼촌이 동남아 어딘가에 있는 줄 알았는데, 어느 날 할아버지에게 전화가 와서 아프리카에 온 지 반년이 지났다고 했단다. 삼촌은 가족들이 나라 이름을 외울 만하면 다른 곳에 가 있었다. 나는 이제 삼촌이 어디에 있는지 헷갈렸다. 한번은 한국에 일 년 넘게 있었으면서도 외국이라고 모두를 속인 적도 있었다. 한국에 잠깐 들어왔다가 술을 먹고 다쳐서 수술을 받았다는 것이다.

연락처도 자주 바뀌어서 삼촌이 연락을 하지 않으면 도통 소식을 알 수 없었다. 삼촌이 연락을 할 땐 돈이나 서류가 필요할 때였다. 아빠는 잊을 만하면 연락을 하는 막내 삼촌을 가장 못마땅하게 여기는 사람이었다. 삼촌의 심부름을 하는 건 언제나 할아버지 가까이 사는 아빠였다.

어제 아빠에게 끌려 할아버지에게 다녀왔다. 할아버지가 예뻐하는 꽁지를 데리고 갔지만 소용없었다. 할아버지는 자식 교육을 제대로 시키라고 아빠를 꾸짖었다. 일부러 내 앞에서 아빠를 혼냈다. 그런다고 내 마음속에 반성이나 깨달음 같은 게 생겨날 리 없었다. 난 '그러는 할아버지는요?'라고 묻고 싶어서 입술이 근질근질했다. 할아버지는 툭하면 막내 삼촌 때문에 자식 농사를 망쳤다고 했다. 아빠와 나는 혼쭐이 난 뒤에 잘못을 빌고 먹기 싫은 밥을 억지로 먹고 돌아왔다. 집에 와서 우리는 소화제 한 알씩을 먹었다.

할아버지는 어제와 달리 한껏 들떠 있었다.

"다음 주에 온대. 비행기를 두 번이나 갈아타고 열흘 안에 온다는 거야. 이번엔 아주 살러 온대."

할아버지는 했던 말을 몇 번이나 반복하다가, 내가 시큰둥한 반응을 보이자 전화를 끊었다. 나도 전설적인 삼촌을 본다고 생각하니 조금 좋긴 했다.

전화를 끊자마자 휴대폰이 울렸다. 담임이었다. 담임은 이번 일로 나에게 징계를 내릴지 말지를 두고 선도 위원회가 열릴 거라고 했다. 반성문으로 끝나는 줄 알았다가 판이 커져서 덜컥 겁이 났다. 담임은 봉사 활동 정도로 징계가 떨어질 거라고 했지만 왠지 불안감이 엄습했다. 징계를 받게 되면 학교에서 또 내 이름이 오르내리게 될 거다.

담임은 엄마에게 살짝 전하라고 했다. 월요일에 열리는 선도 위원회에 와서 반성을 하고 있다는 뜻을 적극적으로 내비치라고, 잘하면 지난번에 쓴 반성문으로 마무리 지을 수도 있다고. 다른 교사들 몰래 알려 준다면서.

"외출 금지라며? 괜찮아?"

담임 말에 울컥했다. 그 순간, 공범이 있다고 불고 싶었다. 벌을 주려면 공평하게 다 같이 줘야 하는 것 아니냐고 말할 뻔했다.

잠시 후, 결혼식장에 갔던 가족이 돌아왔다. 다들 기분이 나빠 보이지 않았다. 삼촌 귀국과 학교 징계 예고 중 어느 것을 먼저 말해야 할지 고민이 되었다. 아빠를 더 화나게 하는 건 삼촌이 온다는 소식이어야 했다. 폭탄을 먼저 터뜨리고 작은 걸 들이밀지, 작은 걸 말한 후에 폭탄으로 앞의 것을 덮을지 결정하지 못했다. 어쨌든 아빠에게는 삼촌 소식이 폭탄이어야 한다.

꽁지가 막대 초콜릿을 내밀었다.

"너나 처먹어."

초콜릿은 꼴도 보기 싫었다.

"아, 맞다. 오빠랑 갈 데가 있어."

꽁지는 무조건 나를 밖으로 끌어냈다. 싫다는 나에게 '자전거!'라고 속삭였다. 아빠는 꽁지랑 함께 가는 것을 보고 나갔다 와도 좋다고 허락했다.

1층으로 내려오자 꽁지가 흥분해서 말했다.

"오빤 속았어. 완전 사기꾼 아저씨야."

꽁지가 나를 데려간 곳은 아파트 입구였다. 길 건너엔 주말마다 오는 자전거 수리 트럭이 보였다. 꽁지가 트럭 옆을 가리켰다.

"오빠가 판 거 맞지?"

자전거 한 대가 가격표를 붙이고 서 있었다. 보조 의자가 떼어지고 번드르르하게 광이 났지만, 내가 판 801호 자전거가 분명했다. 칠만 원, 무려 일곱 배나 가격이 올라 있었다.

말릴 새도 없이 꽁지가 길을 건넜다.

"아저씨, 만 원짜리 자전거가 어떻게 칠만 원이 돼요?"

아저씨가 나와 꽁지를 번갈아 보더니, 한참 후에야 상황을 알아차렸다.

"아, 자전거 판 학생이구나. 마침 잘 왔어. 이거 학생 거 아니었어? 훔친 거야?"

내가 자전거를 팔고 간 다음 날, 한 아줌마가 와서 자기네 거라고 따져서 곤란했단다. 나는 할 말이 없었다. 집에서 쓰던 거라고 거짓말을 했던 것이다.

"그게 아니라……."

꽁지가 말을 더듬는 나를 밀치고 나섰다.

"훔친 자전거를 팔았으면 오빠가 다시 왔겠어요?"

"그런가? 아님 말고."

아저씨는 자전거가 다시 필요하면 육만 원에 주겠다고 했다.

"누가 만 원에 판 걸 육만 원 주고 다시 사요? 내가 우리 반 애들한테 다 말할 거예요."

꽁지가 야무지게 따지고는 휴대폰으로 자전거 사진을 찍었다.

나는 꽁지에게 감탄했다. 조금은 쓸 만한 동생이었다.

집으로 올라가는 엘리베이터에서 7층 버튼을 누르자 꽁지가 한마디 했다.

"엄마가 알면 싫어할걸."

"누가 신고한대? 그냥 보러 가는 거지."

여름밤엔 열어 놓은 창문으로 온갖 소리들이 다 들어온다. 지난밤에는 문을 세차게 여닫는 소리에 이어 사람들이 뛰어다니고 누군가를 부르는 소리로 시끄러웠다. 그것 때문에 동네 개들까지 짖어서 잠을 설쳤다. 꽁지도 나를 따라 7층에서 내렸다.

훈이네 집 현관문이 열려 있었다. 나무 발이 쳐 있어서 안이 보이지 않았지만 음식 냄새가 풍겼다. 고개를 숙이니 자그마한 슬리퍼가 보였다. 조금 더 엎드리다가 깜짝 놀랐다. 민소매에 팬티만 입은 훈이가 바닥에 엎드려 손베개를 하고 이쪽을 보고 있었다.

"형, 안녕."

후다닥 일어났다가 다시 들여다보았다. 꽁지는 아예 바닥에 무릎을 대고 엎드렸다. 훈이는 멀쩡한 것 같기도 하고, 아닌 것 같기도 했다.

"괜찮아?"

훈이가 엎드린 채 고개를 흔들었다. 괜찮다는 건지 아니라는 건지 헷갈렸다. 나는 훈이에게 나와 보라고 손짓을 했다. 훈이가 또 고개를 저었다. 안 된다는 건지 싫다는 건지 잘 모르겠다.

"훈이 어떤 것 같아?"

"배고픈 것 같아."

집으로 올라오며 꽁지가 한 대답이었다. 그럴지도 모른다. 먹을 걸 기다리고 있는 거라면 괜찮았다.

훈이 이야기를 들은 엄마가 새로운 걸 알려 주었다.

"걔가 학교 갔다 오면 종일 혼자 있나 보더라. 1층부터 15층까지 다 돌아다닌대. 팔이며 다리며 온통 상처투성이지? 계단에서 넘어졌다는데, 모르지."

"그치, 저번엔 얼굴도 시뻘겠어."

나는 양쪽 뺨을 번갈아 때리는 시늉을 했다. 엄마와 꽁지가 헉하고 놀랐다.

월요일, 학교에 가는 길이 너무 싫었다. 아빠까지 따라왔기 때문이다. 학교에 오니 더 싫었다. 조용한 학교에 선생님들만 있었다.

어른들은 일을 아주 복잡하게 만들었다. 잘못했다고, 다시는 안 그러겠다고 하는 내 말을 믿지 않았다. 그것밖에는 할 말이 없는 나에게 자꾸만 뭘 잘못했는지 말하라고 따져 물었다. 멍들고 깨지고 부서지는 걸 보고야 말겠다는 듯, 나를 끝까지 물고 늘어졌다.

"똑같은 걸 몇 번씩 말해요? 제가 훔쳤고요, 잘못했고요, 다시는 안 그러겠다고요. 됐어요?"

담임이 당황해서 일어났다. 누군가 혀를 끌끌 찼다.

아빠가 나섰다. 내가 한 일을 좀 더 자세히 알 필요가 있다고 했다. 그러고는 한껏 목소리를 깔아서 진지하게 말을 시작했다. 진진 마트가 복잡하다는 것을 알려 준 것은 주호, 돈이 있으면서도 음료수만 계산하고 껌을 두 통이나 그냥 가져온 건 세현이. 내 잘못이 밝혀진 걸 알면서도 아직까지 자백을 하지 않고 있는 그 둘. 아빠는 마치 프로젝트를 발표하듯 그날 일의 포인트를 짚어 주었다. 그러나 주호와 세현이 이름은 A와 B로 처리했다.

학년 부장이 학생들 이름을 알려 달라고 했지만, 아빠는 그러고 싶지 않다고 했다.

"그건 형규와는 상관없어요. A와 B 학생이 드러나도 형규 잘못이 줄어드는 건 아니지요. 정 알고 싶으면 마트 입구에 있는 CCTV 영상을 요청하세요. 그렇게 되면 이 학교 학생 세 명이 한꺼번에 도둑질을 한 게 드러나겠지만요."

아빠가 이렇게까지 말을 잘하는 건 처음 보았다.

부모님이 선생님들을 향해 고개를 숙이는 걸 보는 건 아주 불편했다. 그러나 덕분에 나는 아무런 징계도 받지 않았다.

집으로 돌아오는 길에 전학을 시켜 달라고 또 졸랐다. 징계를 받지 않았다고 이미 벌어진 일이 없어지는 건 아니었다. 부모님과 담임은 내가 상습범이라는 소문에 시달리는 걸 모른다. 개학을 하면 내가 하지 않은 일까지 덕지덕지 달라붙을 것이다.

"여기 살기 싫어. 엄마랑 꽁지가 창피하다고 했잖아."

사실은 나도 창피했다.

4

모두가 전학은 안 된다고 했다. 좋은 방법이 아니란다. 담임은 당당하게 학교에 다니라고 했지만, 상습범이라는 소문 앞에서는 당당해질 수가 없다.

할아버지까지 전화를 했다.

"남자는 그런 시련도 꿋꿋이 이겨 내야 하는 거야. 치봉이 봐라, 얼마나 뻔뻔하냐? 배짱 두둑하니까 남의 나라에서 오래 견디잖아."

삼촌처럼 손버릇이 나빠질까 봐 혼을 낼 땐 언제고, 이젠 삼촌을 닮으라고 했다. 할아버지는 삼촌이 온다는 걸 알고부터 기분이 썩 좋았다. 말썽쟁이에 사고뭉치지만 삼촌이 돌아오길 기다렸나 보다.

나는 문을 닫아걸었다. 전학을 시켜 줄 때까지 방에서 나가지 않기로 했다. 집에서 꼼짝 말라는 아빠 뜻대로 방에 처박히는 쪽을 택했다. 밥도 같이 먹기 싫고 TV도 같이 보기 싫었다. 먹을 건 방으로 가져와서 혼자 먹었고, 바로 옆에 붙은 화장실에만 살짝살짝 다녀왔다. 아무와도 마주치지 않으니 조용하고 좋기만 했다.

저녁마다 엄마가 나를 식탁에 앉히려 했지만 별 소용이 없었다. 재활용을 버리는 날엔 꽁지가 방문을 두드리다가 지쳐서 혼자 다녀왔다. 웬일인지 아빠는 모른 척하며 오래도록 아무 말이 없었다. 아빠가 화내면 듣고, 때리면 맞기로 했다. 마음을 단단히 먹으니 아무것도 겁나는 게 없다.

금요일 저녁, 꽁지가 노크를 했다. 답을 할 때까지 두드렸다.

"꺼지라고!"

방문을 걷어찼다.

"오빠, 이상한 생각하면 안 돼. 뉴스에 나오는 것처럼 창문으로 뛰어내리고 그러는 거 아니지?"

창문을 쳐다보다가 피식 웃었다. 바보, 내 방 창문 밖은 복도다. 그마저도 마름모 모양 쇠창살로 막혀 있다. 저 창문으로는 진짜 도둑놈도, 도둑 취급당하는 나도 드나들 수 없다.

엄마가 간식을 문밖에 두었다고 했다.

"형규야, 너 요즘 훈이 못 봤지? 소문 못 들었지?"

나도 모르게 문을 열었다.

"훈이가 왜?"

"그 집 작년 말에 이사 왔잖아. 그다음부터 배달 음료가 없어지는 거래."

엄마가 수박 접시를 내밀었다.

"그 애가 층마다 다니다가 배고프면 배달 음료를 꺼내 먹나 봐. 한번은 과일 배달 온 것도 먹었다고 하더라."

"진짜? 진짜? 진짜야?"

꽁지가 호들갑을 떨었다.

배달 음료가 없어지는 게 훈이 짓이라니……. 내 결백이 밝혀졌지만 기분이 좋지 않았다. 나는 수박 접시를 밀어내고 문을 닫았다.

"할아버지였다면 '애 교육을 어떻게 시켜?' 이랬을 거야."

할아버지 흉내를 내는 꽁지 목소리가 들렸다.

저녁에 아빠가 돌아와서 나를 거실로 불렀다. 버텨 볼까 생각하다가 밖으로 나갔다.

"내일부터 외출 금지 풀어 준다."

"필요 없어. 갈 데도 없는데, 뭐."

그때 꽁지가 물었다.

"왜? 삼촌, 내일 와?"

"또 다음 주란다."

아빠는 그것도 믿을 수가 없다고 했다. 삼촌 약속은 지켜지는 약속이 아니었다.

"우리 집에도 오지? 내 선물 사 오겠지?"

"그래서 말인데, 치봉이 오면 당분간 형규 방 써야겠다."

나는 펄쩍 뛰었다. 절대 안 되는 일이었다.

"집 구할 때까지만이야."

아빠가 외출 금지를 풀어 준 이유가 있었다. 어림도 없었다. 그런 걸로 나를 구슬리지 못한다.

나는 꽁지 방을 내어 주라고 반발했다.

"어른 둘이 쓰기엔 꽁지 방이 너무 작아."

"왜? 왜 둘이야?"

이번엔 엄마가 펄쩍 뛰었다.

삼촌이 결혼할 사람과 함께 온다는 것이다. 아빠는 그 일로 지금 할아버지에게 가 봐야 한다고 했다.

"결혼할 사람이 흑인인지 백인인지, 여자인지 남자인지 모르겠대."

삼촌이 고모에게 전화를 걸어 이번만은 무조건 자기편을 들어 달라고 했단다. 고모는 삼촌이 아무래도 심상치 않다고 할아버지에게 일러바쳤다.

"그게 그런 거야? 당신은 왜 이제 말해?"

엄마가 부랴부랴 신발을 신고 아빠를 따라나섰다.

삼촌이 누굴 데려오든 나는 상관없다. 내 방에만 안 오면 그만이다.

부모님이 없는 틈을 타 오랜만에 복도로 나갔다. 나무들이 휘청휘청 흔들렸다. 일기 예보에서 태풍이 올 거라고 했다. 나는 계단에 앉아 멍한 머릿속을 털어 냈다. 여름에 방에 처박히는 건 별로다. 종일 후덥지근한 선풍기 바람을 쐬고 있으면 내가 뭘 하고 있는지, 뭘 하고 싶은지 잊어버릴 지경이다. 이젠 세현이와 주호를 응징하고 싶은 마음도 사라졌다.

나는 세현이에게 전학을 갈 거라고 문자를 보냈다. 양심이 있다면 조금이라도 미안한 마음을 가지라는 뜻이었다. 바로 전화가 왔다.

"뭐 그딴 걸로 전학까지 가냐?"

"너한테는 그딴 건지 몰라도, 난 아니거든."

"지금 전학 가면 괜히 오해 받아. 여기선 상습범으로 굳어지고, 저쪽에선 문제아라서 강전당한 줄 알 거라고."

세현이 말이 맞다. 졸업을 한 학기 남기고 학교를 옮기면 당연히 강제 전학 소문이 붙는다.

"너, 그거 알아? 소문은 소문으로 덮는 거. 내가 소문 하나 만들어 줘? 알고 보니 진진 마트 직원들이 계약직 인공 지능 로봇이었다는, 그래서 도둑 잡기 실적을 올리려고 프로그램을 조작해서 아무나 도둑으로 만든다는, 뭐 그런 거."

"닥쳐라. 난 심각하다."

키득 웃던 세현이가 버럭 소리를 질렀다.

"아, 좀! 배형규, 넌 동아리 후배들도 있고 친한 애들도 나보다 많으면서 왜 그래!"

그래서 동영상에 찍힌 내 정체가 금방 드러난 것이다.

"개학 날 나 없으면 니들 죄까지 뒤집어쓰고 억울하게 전학 간 줄 알아."

마지막 통보를 하고 통화 종료 버튼을 눌렀다. 낯선 곳으로 가는 건 두려운 일이지만 못 할 것도 없다.

슬쩍 아래를 내려다보니 훈이는 없고 바닥만 젖어 있었다. 오늘도 가짜 술을 만든 걸 보면, 훈이네 집도 변함없이 굴러가는 모양이다.

현관문에 붙은 전단지를 떼어 집으로 들어가려다 깜짝 놀랐다.

이배 형규 도둑 아니다.

처음엔 어두워서 전단지 글을 잘못 읽은 줄 알았다. 다시 읽어 보아도 같은 말이었다. 주위를 두리번거렸다. 그런데 바로 옆집에도 같은 종이가 붙어 있었다. 옆집에도, 또 그 옆집에도 있었다.

나는 801호까지 가며 종이를 떼고 나서 혹시나 하고 7층으로 내려갔다. 거기도 마찬가지였다. 머리가 빡 돌았다. 이를 갈며 15층에서부터 한 층씩 내려오면서 종이를 떼어 냈다. 종이가 없는 집이 몇 집 있는 것을 보고 미친 듯이 뛰어다녔다. 창피를 당하지 않으려면 주인보다 더 빨리 종이를 수거해야 한다.

다리가 후들거리고 숨이 꼴딱 넘어갈 것만 같았다. 1층 출입구에 앉았는데, 문득 앞 동이 눈에 들어왔다. 다시 뛰었다. 이젠 다리가 흐느적거렸다. 다행히 그곳엔 종이가 한 장도 붙어 있지 않았다.

벤치에 누워서 마음을 진정시켰다. 종이를 주르르 펼쳐 놓으니 한 움큼이나 되었다. 종이는 줄 간격이 넓은 초등학생용 공책을 찢은 것이었다. 사인펜으로 쓴 글씨 크기가 들쑥날쑥 제멋대로다.

"넌, 죽었어."

나는 집으로 달렸다. 오늘 꽁지와 끝장을 본다.

꽁지는 자신이 한 짓이 아니라고 딱 잡아뗐다. 자기는 이것보다 훨씬 글씨를 잘 쓴다고 했다. 나는 꽁지 머리카락을 잡았다. 꽁지가 가장 싫어하는 게 머리에 손을 대는 것이다.

"차라리 내가 도둑이라고 쓰지 그랬냐?"

꽁지는 목을 잔뜩 움츠리고 고개를 저었다. 아니다, 모른다, 딱 두 마디로 피하려고만 했다.

"콩알만 한 게 날 아주 우습게 알아. 내가 오빠야, 네 오빠라고!"

이참에 자신의 위치가 어디인지 확실히 알려 줘야 한다.

"꽁지면 꽁지답게 끝으로 가서 찌그러져 있어. 한 번만 더 까불어, 엉?"

머리카락을 잡아당겼다가 확 밀쳤다. 히히힝, 울음이 터졌다.

"글자 안 보이게, 내 이름 안 보이게 확실히 찢어."

종이 뭉치로 꽁지 머리를 몇 대 더 때려 주고 방으로 들어갔다.

울음이 한층 커졌다. 음악을 크게 틀었다. 그래도 분이 풀리지 않았다.

"조용히 해! 너 편들어 줄 사람 없어. 엄마한테 이르면 복수한다. 알지, 복수?"

내 경고에 꽁지 울음이 뚝 끊겼다.

한참 후에 문을 두드리는 소리가 들렸다.

"왜?"

"오빠, 이거 뭐야?"

문을 여니 꽁지가 종잇조각 하나를 내밀었다. 종이에 '이배'라고 쓰여 있었다.

"이걸 확!"

꽁지를 밀치고 문을 닫았다. 꽁지가 넘어지면서 또 운다. 진짜 시끄럽다. 사실은 나도 궁금했다. '형규 도둑 아니다'는 알겠는데, '이배'가 뭔지 감이 안 왔다.

늦게 돌아온 엄마와 아빠는 삼촌 귀국 날짜가 다음 주가 아니라 또다시 열흘 뒤라고 했다. 아빠는 나에게 방을 내어 주고 할아버지 집에서 지내라고 했다. 할아버지 결정이었다.

엄마도 할아버지 결정을 못마땅해하는 것을 보고, 나는 분통을 터뜨렸다.

"싫어, 싫다고! 나, 절대로 방 안 내줘."

삼촌이 열흘보다 더 늦게 왔으면 좋겠다. 아니, 오지 않아도 상관없다. 이젠 궁금하지도 않다. 민폐 삼촌이 벌써부터 싫어지려고 한다.

다음 날, 아파트 상가에서 훈이를 만났다. 진진 마트에 들어가려니 창피했다. 훈이에게 컵라면을 사 오라고 시켰다.

훈이는 순순히 심부름을 했다. 웃지 말래도 웃던 녀석이 말도 없이 축 처져 있었다.

"오늘은 술 안 만드냐?"

"진짜 술 있어."

진짜 술이 있는 날은 훈이가 슬픈 날인가 보다. 제대로 취한 아빠가 훈이에게 더 심하게 구는 날일 게 뻔했다.

훈이는 아주 천천히 걸었다. 엘리베이터 앞까지 왔는데도 올라가는 버튼을 누르지 않았다. 손에 든 봉지를 빼앗아 열어 보니 약이 들어 있었다.

"집에 가기 싫어?"

훈이는 아니라고 했지만, 표정은 금방이라도 울 것 같았다. 녀석이 깜깜한 밤에 혼자 계단에 앉아 울고 있는 모습이 그려졌다.

"우리 집에 갈래?"

훈이는 잠깐 눈을 반짝였지만 싫다고 했다.

"저번에 너희 집에 경찰 왔지?"

훈이가 고개를 저었다.

"119였나? 하여튼 시끄러운 차 왔잖아."

"응, 엄마가 아팠어."

훈이는 오늘도 엄마가 아프다고 했다. 훈이 아빠는 훈이 엄마에게도 나쁜 짓을 하는 것 같았다.

"우리 집에 가자. 이러다가 너까지 큰일 나. 내가 경찰서에 같이 가 줄게."

"경찰서? 아니야, 엄마는 병원에 가야 해."

훈이가 그것도 모르냐는 듯 나를 빤히 봤다.

5

태풍이 지나간 후 아침 바람이 달라졌다. 한판 붙자고 뜨겁게 달려들던 더위가 불끈 쥔 주먹을 풀어 놓은 듯했다. 방학이 얼마 남지 않았다는 신호였다. 가족들은 모두 전학은 안 된다며 나를 어르고 달랬다. 엄마는 삼촌에게 안방을 내어 줄 수도 있다면서 한발 물러났다. 나는 조금 생각해 보겠다고 양보하는 척했다.

오늘도 아침으로 컵라면을 사러 나갔다. 진진 마트를 피해 멀리 있는 마트로 갔는데, 그곳에 주호가 있었다. 모른 척 계산대에 섰지만 늦었다. 주호가 나를 보더니 엄청 반가워했다. 전학을 간다는 내 문자에 답도 하지 않은 놈이었다.

"웬일이냐?"

"심심해서."

주호는 반바지 주머니에 양손을 찌르고 내 옆에 섰다. 불룩한 주머니로 눈길이 갔다. 심심할 때 마트에서 노는 주호 주머니 안에 든 게 손뿐일까? 의심스럽다.

주호가 아파트 정문까지 나를 따라왔다.

"너, 여기 살았냐? 몰랐네."

"……."

"이따가 나올래? 내가 일루 올까?"

주호는 혼자 묻고 혼자 대답했다. 도둑놈에다 상습범 취급까지 당하는 나를 모른 척할 땐 언제고, 이제 와서 친한 척이다. 친구가 험한 일을 당해도 제 일만 아니면 그만인 놈이 뻔뻔하기까지 하다. 같이 훔친, 아니 훔치자고 선동한 놈이 날 상습범 취급한 게 아무리 생각해도 화가 났다.

"따라오지 마."

"야, 너 그 소문 들었어?"

순간, 긴장했다. 또 얼마나 얼토당토않은 소문이 내 이름 뒤에 붙었을지 궁금했다.

주호는 내 표정을 보더니 모르네, 한다.

"세현이 요즘 학원 엄청 다니잖아. 왜 그런지 알아?"

다행히 나에 관한 소문은 아니었다. 방학을 하기 전, 세현이가 학원을 두 군데 더 다닐 거라고 말한 적이 있었다.

"성적 올려서 기숙사 있는 학교로 가려고 그런대. 걔네 부모님 이

혼한다는 소문 있거든. 근데 서로 세현이 안 데려가겠다고 싸운대."

"세현이가 그래?"

"아니지, 절대 제 입으로 말할 놈이 아니지. 자존심이 얼마나 센데."

나는 버럭 소리를 질렀다.

"그럼 말을 하지 마, 새꺄. 심심하면 잠이나 처자."

"내가 뭘? 그냥 알려 주는 거잖아."

나는 따라오지 말라고 컵라면이 든 비닐봉지를 휘둘렀다.

"야, 너희 집에 놀러 가면 안 되냐?"

주호는 조금 더 따라오다가 내가 반응이 없자 돌아갔다.

예전엔 몰랐다. 주호가 친구를 씹고 다니고 끈덕지게 달라붙는 놈인 줄. 활달하다 못해 번잡스럽고 수다스러운 줄로만 알았는데, 우정도 의리도 모르는 놈이었다. 상대하지 않으면 그만이다. 주호 같은 놈이 떨어져 나가도 나에겐 아무런 지장이 없다. 작년에 같은 반이어서 어울렸을 뿐이지, 지금은 그렇게 친한 사이도 아니었다.

훈이가 1층에 있었다. 발장난을 하고 있는 걸 보니 멀쩡한 것 같았다.

"형, 어디 갔다 와?"

"라면 사러."

"무슨 라면?"

"몰라."

"형이 샀으면서 몰라?"

엄마를 기다린다더니 나와 함께 엘리베이터를 탔다.

"형! 우리 집에도 라면 있는데, 우리 집에 올래?"

"아, 귀찮아. 좀."

머리를 긁던 나는 멈칫했다.

"아빠 집에 있어?"

훈이는 혼자 집에 들어가는 게 싫은 건지도 모른다.

"형은 매일 그것만 물어? 아빠 있다고 했잖아."

그랬다. 늘 집에 있으니까 대낮에도 아이에게 술을 사 오라고 시키는 거겠지. 훈이는 아빠와 단둘이 있는 게 싫어서 밖으로 나온 거였다.

나는 훈이와 함께 7층에서 내렸다.

"우리 아빠 안 무서워. 형 온 줄도 모를걸."

훈이가 내 티셔츠를 잡았다. 내가 돌아갈까 봐 조바심을 냈다.

708호는 우리 집과 똑같은 구조였지만 낯설었다. 문 색깔과 벽지와 가구들이 조금씩 달라서 다른 아파트에 온 것 같았다.

나는 신발을 벗으며 목소리를 한껏 낮췄다.

"안방에 계셔?"

훈이가 고개를 끄덕였다. 그러고는 전기 주전자에 물을 담아 코드를 꽂고, 싱크대에서 컵라면을 꺼내 왔다. 혼자서 척척, 손놀림이 능숙하다.

훈이는 라면을 일주일에 한 개만 먹기로 엄마와 약속했다고 한다. 그래서 엄마가 오기 전에 얼른 먹어야 한다며 이히히 웃었다.

안방 문은 닫혀 있었다. 아무도 없는 듯 너무 조용했다.

"오늘은 소주 안 만들어?"

"쉿, 이따가."

"주무셔?"

"나도 잘 몰라."

훈이가 후유, 한숨을 쉬었다. 나는 그만 묻기로 했다.

"우리 아빠도 제발 안방에 들어가 잤으면 좋겠다. 텔레비전 좀 보게."

"아빠랑 같이 보면 되잖아."

"이이그, 너도 중딩 돼 봐."

"치, 난 아빠랑 같이 텔레비전 보고 싶은데."

훈이는 술심부름을 시키고 때려도 아빠가 좋은가 보다. 불쌍한 꼬맹이.

우리는 머리를 맞대고 라면을 먹었다. 남은 국물을 마시는데, 아줌마가 들어와 도어 스토퍼를 올리고 현관문을 닫았다.

"훈아, 모기 들어오니까 문 닫고 있으랬잖아."

훈이는 후다닥 일어나더니 컵라면 용기를 들고 가 싱크대에 부었다.

내가 인사를 하자 아줌마가 고개를 끄덕였다.

"아까 그 학생이네?"

나는 아줌마를 본 기억이 없었다. 어리둥절한 내 표정을 보더니 훈이가 말했다.

"형, 이거 소문난 마트에서 샀어? 엄마 거기서 일해."

잘못한 것도 없는데 뜨끔했다. 내가 알아채지 못하는 동안에도 나를 보는 눈이 있었다. 그게 CCTV만이 아니었다. 훈이가 나를 '그 형'이라고 말하자, 아줌마가 또 고개를 끄덕였다.

나는 아줌마가 안방 문을 여는 틈을 타 안을 슬쩍 들여다보았다. 낮은 탁자 위에 있는 큼지막한 액자가 눈에 들어왔다. 양복에 넥타이를 맨 채 정면을 보고 찍은 남자 사진이 액자에 들어 있었다. 그 앞엔 장난감 자동차와 마술 딱지, 그리고 포스트잇 여러 장이 붙어 있었다. 휴대폰과 작은 유리잔도 보였다. 훈이가 안방으로 들어가 액자를 집어 들었다.

"우리 아빠야."

나는 깜짝 놀랐다.

훈이는 탁자 위에 있는 것들을 만지작거렸다.

"휴대폰은 고장 났어."

봐서는 안 될 것을 훔쳐본 것만 같았다. 그러나 사진에서 눈이 떨어지지 않았다. 남자 눈이 눈꼬리가 처진 훈이와 꼭 닮았다.

"아빠는 자동차를 젤 좋아했는데, 이젠 젤 싫어할 거야."

"왜?"

훈이는 자동차 회사에 다니던 아빠가 교통사고로 돌아가셨다고 말했다.

"형에게만 말해 주는 거야. 비밀이야."

나는 허겁지겁 신발을 신었다. 이럴 땐 무슨 말을 해야 할지 모르겠다. 안됐다, 미안하다, 괜찮다……. 이 상황에 어울리는 말이 아니었다.

훈이가 8층까지 따라왔다.

"형, 우리 아빠 안 무섭지?"

훈이 말이 심장을 쿡쿡 치받았다. 나는 하나도 안 무섭다고 겨우 대답했다.

"근데, 술은 왜 만들어?"

"위에 사는 할머니가 가르쳐 줬어. 아빠 앞에 술을 놓는 거라고."

훈이는 나를 따라 집에 들어오려고 했지만, 나는 훈이를 돌려세워 아래로 내려보냈다.

뭔가 잘못되었다. 어디서부터인지 모르겠다. 훈이가 술병에 물을 담아서 가는 이유가 술 취한 아빠 때문이라는 건 누가 만든 이야기일까? 훈이 집이 시끄러운 걸 본 사람이 있을까? 엄마는 꼬맹이가 소주병에 물을 담아 가는 건 안 봐도 뻔하다고 했다. 아줌마들도 훈이네 집엔 문제가 많다고 했다. 나도 그런 줄로만 알았다. 그러나 119가 온 건 아빠 때문도 폭행 때문도 아니었다. 그건 확실했다. 가짜 술을 만드는 훈이에게는 아빠가 안 계셨다.

속았다. 날 속인 게 누굴까? 아무튼 단단히 속았다.

6

저녁에 세현이가 찾아왔다. 나는 밖으로 나가려다가 아빠에게 붙잡혔다. 아빠는 세현이가 나와 함께 마트에서 물건을 훔친 놈들 중 한 명이라는 걸 알아챘다. 결국 녀석은 엄마 손에 이끌려 집으로 들어와야 했다.

세현이를 방으로 몰고 문을 닫았다. 나는 문에 귀를 대었다. 말을 하려는 세현이를 말리고 문을 벌컥 열었다. 내 앞에서 얼굴 세 개가 화들짝 물러났다.

"아, 씨, 좀! 가, 저리 가."

잠깐 기다렸다가 다시 문을 열어젖혔다. 다 가고 없었다.

"우리 집이 좀 그래. 이제 말해."

"주호 만났지?"

세현이는 앉지도 않고 대뜸 주호부터 들이댔다. 이름만 들어도 맘이 상했다. 그러고 보니 주호를 만난 지 오래된 것 같았는데, 고작 오늘 아침이었다.

세현이는 주호와 무슨 이야기를 했냐고 물었다. 나는 소문을 들었다고 솔직히 말했다.

"난 네가 공부를 하든 기숙사에 가든 관심 없어. 주호 새끼, 한 번만 더 나불거리면 가만 안 둔다고 했어."

한마디 덧붙였다.

"걱정 마. 아무한테도 말 안 해."

"뭘?"

"부모님 이혼하는 거."

세현이 눈이 더 싸늘해졌다.

"너도 믿지? 주호 말."

실수다. 진실이 무엇이든 상관없다고, 주호 말 따윈 믿지 않는다고 생각했는데 입에서는 전혀 다른 말이 나와 버렸다.

"아니, 안 믿어. 사실이 아니니까 말 안 한다고."

"사실이면 말할 거야?"

"아니라니까."

"그럼 뭔데?"

"왜 그래? 내가 뭘 어쨌다고? 내가 주호를 불러낸 것도 아니고, 내가 소문을 낸 것도 아니잖아. 난, 널 생각해서 주호한테 입 닥치라고 했어."

세현이는 머리를 벅벅 긁더니 의자에 몸을 던지듯 앉았다.

이상한 하루였다. 뽑는 것마다 꽝인 날이었다. 아침부터 마트에서 개념 없는 새끼를 만났기 때문이다.

세현이가 이번엔 바닥에 벌러덩 드러누웠다.

"야, 더워. 문 좀 열어."

"말했잖아, 시위 중이라고. 전학시켜 줄 때까지 문 안 열어. 이게 다 마트 일 때문이야. 니들 때문이라고."

"이런다고 해결되냐? 더워, 너무 더워."

"빨리 말하고 가. 그래서 진실이 뭐야?"

"그게 중요해? 넌 상관없다며?"

세현이가 웃통을 벗고 선풍기를 끌어안다시피 했다.

"나 말고 너한테 중요하잖아."

"아, 씨! 나도 몰라."

뭔가 감추고 있었다. 핵심을 숨기고 있는 게 보였다.

"근데, 주호는 어떻게 알았을까?"

"주호 말이 사실이긴 한가 보네."

"아니라니까!"

세현이가 소리를 질렀다. 우린 도돌이표에 갇혀 계속 같은 말만 되풀이했다.

방문이 달그락거렸다. 꽁지가 나를 불렀다. 세현이가 던져 놓은 옷을 찾아 입느라 허둥거리는 사이에, 나는 문을 열고 꽁지를 밀어냈다.

"몰래 엿들은 거 아니야. 밖에까지 다 들려."

"까불지 말랬지? 꺼지라니까."

꽁지는 나에게 머리를 쥐어박히는 걸로는 기가 죽지 않았다. 제 오빠가 도둑이라고 광고지를 붙인 딱 그날 하루만 얌전하게 굴었다.

"좋은 방법이 있단 말이야. 주호 오빠 불러."

이번엔 확실히 꽁지를 제 방으로 쫓아냈다.

"쟤가 좀 나대. 많이 나대."

동생은 피곤하다. 꽁지가 날 창피해하는 것만큼, 나도 아무 데나 끼어드는 꽁지가 창피하다. 형제가 없는 세현이는 모를 거다.

세현이가 정말로 주호를 불렀다. 나에게 묻지도 않고 당장 우리 집으로 오라면서 아파트 동 호수를 알려 주었다.

주호까지 끌어들이기는 싫지만 꽁지가 말한 방법이 가장 확실할지도 모른다. 이를테면 삼자대면 같은 거였다. 나와 훈이와 훈이 아빠, 셋이 한자리에 모인 후에야 훈이가 집에서 위험하지 않다는 걸 알게 되었다. 역시 소문은 근원이 되는 핵을 들여다봐야 진실을 알게 된다.

뜻하지 않게 마트 일을 벌였던 멤버가 모두 모였다. 밤 아홉 시가 넘은 시각이었다. 주호까지 오자 아빠 눈초리가 심상치 않았다. 우리는 십 분 이내로 이야기를 끝내고 흩어지겠다고 약속했다.

나란히 복도 벽에 기대어 앉았다. 주호는 아침과 달리 기가 죽어 있었다. 주위 분위기에 신경도 안 쓰고 제 할 이야기를 왁자하게 쏟아

내는 녀석이 조용히 찌그러져 있었다. 세현이 부름에 좋은 건지 나쁜 건지 생각지도 않고 달려온 것까지만 주호다웠다. 나에게 무지막지하게 따지고 들던 세현이까지 조용했다.

"삼 분 지났어. 빨랑 말해."

기다리다 못한 내가 재촉했다.

주호가 음음, 하고 목을 가다듬었다.

"미안해, 내가 잘못한 것 같아."

세현이가 주호를 향해 발을 날렸다.

"새꺄, 처음부터 자세히 말해."

"야, 야, 우리 조용하자. 꽁지 분명 듣고 있다."

주호가 세현이를 피해 내 옆으로 왔다. 나는 엉덩이로 한 걸음 물러났다. 주호 방패가 되어 줄 마음은 조금도 없었다.

"동영상 봤어. 내가 말했어."

어정쩡한 내 표정을 보고 세현이가 덧붙였다.

"진진 마트 아저씨가 사거리에서 애들한테 동영상 보여 주면서 묻고 있더래. 주호가 너라고 말했대."

나는 주호에게 달려들었다.

주호는 머리부터 감쌌다.

"이 미친 놈, 네가 제정신이야?"

"다른 애가 먼저 우리 학교 3학년이라고 말했어. 나랑 친한 애 아니냐고 하는 바람에."

그래서 아저씨에게 내 이름을 말할 수밖에 없었다고 했다.

"너 때문에 나 도둑놈으로 찍혔어, 새끼야. 책임질 거야?"

주호는 내 주먹을 피하면서도 할 말은 다 했다.

"오늘 아침에 사과하려고 했어. 근데 네가 꺼지라고 했잖아."

나는 주호 엉덩이를 발로 훅 걷어찼다. 세현이에게도 발을 들어 올렸다가 그만두었다.

"둘 다 꺼져. 너희는 이제 친구도 아니야. 오늘부터 니들은 쓰레기야."

세현이가 일어나는 주호를 끌어다 앉혔다.

"야, 김주호. 너, 우리 집 이야기는 누구한테 들었어?"

주호는 눈치를 살폈다. 세현이가 빨리 말하라고 윽박질렀다.

"들은 거 아니고, 그냥 소설인데. 대신 이건 정말 아무한테 말 안 했어. 형규가 관심을 안 보여서 재미없구나, 하고 말았어."

주호는 자기가 무슨 일을 벌이는지도 모르는 것 같았다. 내가 관심을 보였다면 있지도 않은 세현이 이야기를 여기저기 떠벌리고 다녔을 거라는 말이었다.

나는 세현이를 대신해서 주호 뒤통수를 주먹으로 휘갈겼다.

"넌 이딴 식으로 노냐? 있지도 않은 일을 만들어 내고 지랄이야! 나, 다 말할 거야. 네가 무슨 짓을 하고 다니는지 학교 가서 다 말할 거라고. 세현이 부모님한테도 말할 거야."

정말 그러고 싶다. 세현이 부모님까지 욕 먹이는 소문을 만들어 내는 개념 없는 놈은 한번 당해 봐야 한다.

세현이가 말했다.

"그거 너네 집 이야기지? 부모님 이혼하는 거. 넌 어느 쪽과도 같이 살고 싶지 않은 거지?"

"누가 그래?"

주호가 불에 덴 것처럼 펄쩍 뛰었다.

"네 소문은 안 돌 것 같아? 이건 소문이 아니라 진짜잖아."

주호가 다리 사이로 얼굴을 처박았다. 얼굴만 숨기면 모든 게 안 보일 거라고 생각하는 것 같았다. 저 심정을 조금은 안다. 나도 상담실에서 얼굴만이라도 숨기고 싶었다.

"너희 집도 우리 집이랑 비슷하잖아. 그치만 내가 공부하는 건 울 엄마 아빠 사이가 좋아지길 바라서야. 우리 부모님은 성적이 오르면 기뻐하거든."

세현이는 공부를 잘하고 싶다는 말도 덧붙였다. 주호라면 몰라도 세현이라면 가능할 것 같기도 하다. 셋 중 책이랑 가장 친한 건 세현이었다.

"김주호, 말 좀 해 봐."

놀리려는 게 아니었다. 비난하려는 건 더더욱 아니었다. 진심을 듣고 싶었다. 그러나 주호는 아무것도 묻지 말라고 소리를 질렀다.

세현이가 주호에게 충고했다.

"고민은 남의 이름으로 털어놓는 게 아니야. 네 이야기는 네 이름으로 하란 말이야."

"맞아, 그러니까 넌 친구들이 자꾸 떨어져 나가는 거야."

주호는 대답을 하지 않았지만 알아들은 듯 고개를 까딱했다.

나는 주호에게 소문을 냈으니 거둬들이는 일도 하라고 말했다.

"안 그러면 나도 니들 소문 낼 거야."

이건 치사한 게 아니다. 당한 만큼 갚아 주는 것이다.

"소문을 어떻게 거둬들여? 거짓말도 아니잖아. 네가 훔친 건 진짜 잖아."

"그럼 소문을 바꿔. 셋이서 같이했다고."

둘이서 '미쳤냐?' 하고 말했다.

"소문은 소문으로 덮는다며, 그거 한번 해 보려고. 개학하고도 소문이 그대로면 다 까발릴 거야. 마트 일도, 너희 부모님 일도."

나는 쏘아붙이고 집으로 들어가려고 했다. 그런데 둘은 돌아갈 생각이 없었다.

"네 방에서 자면 안 되냐?"

세현이는 우선 우리 부모님께 허락을 받자고 했다.

"내가 돌았냐? 미쳤냐? 니들이 나한테 한 짓 머리에 팍 새겼거든."

"우리가 그거 잊게 해 줄게. 재밌게 해 줄게."

둘은 현관문 안으로 비집고 들어오려고 했다.

"아빠가 마트 일 주동자가 너라는 거 알아. 마트 아저씨에게 내 이름을 가르쳐 준 것까지 알면, 우리 아빠 당장 마트랑 학교에 연락해.

울 아빠 따지는 거 무지 잘해."

그래도 주호는 물러나지 않았다.

"설마 네가 나한테 그렇게까지 하겠냐? 그건 배신이잖아."

나는 주호 뒤통수를 갈겼다.

"배신? 그게 나한테 할 소리냐?"

그때 내 방 창문에서 머리가 불쑥 올라왔다.

"우리 집에서 잘 수 있게 내가 아빠한테 말해 줄까?"

꽁지였다. 현관문 앞에 얼씬도 못 하게 했더니 내 방에 들어가서 창문으로 복도를 엿보고 있었다.

"네 동생, 대단하다."

세현이가 엄지손가락을 치켜들었다.

나는 녀석들을 당장 쫓아내라고 했지만 엄마와 아빠는 기회를 놓치지 않았다. 친구들을 끌어들여서 전학을 가고 싶어 하는 내 마음을 돌려놓으려고 했다.

세현이는 전화를 걸어서 아빠를 바꿔 주었고 주호는 엄마를 바꿔 주었다. 엄마와 아빠 중 허락을 잘해 줄 것 같은 분에게 전화를 하고 같은 동성과 연결해 주자는 게 둘의 전략이었다. 놈들 원하는 대로 허락이 떨어졌다.

그러나 반전이 있었다. 둘이서 나를 밀어내고 모니터 앞에 엉겨 붙어 한창 게임을 하고 있을 때였다. 세현이와 주호 아빠가 연달아 우리 집에 왔다. 엄마와 아빠가 양쪽 집 부모님에게 아이들을 데려가라고 했던 것이다.

아빠는 집으로 돌아가는 부모님에게도 한 방 먹였다.

"오죽했으면 그런 생각을 했겠습니까만, 딱 한 번만 더 생각해 보세요. 살다 보면 아이들 보면서 웃을 날이 있을 겁니다. 초면에 실례가 많았습니다."

나는 세현이 얼굴이 벌겋게 변하는 걸 보았다. 꽁지가 있는 한 우리 집엔 비밀이 있을 수 없다.

7

개학을 하루 앞둔 날, 늦잠을 잤다. 화장실에 가려던 나는 문 아래에 있던 종이를 밟고 미끄러질 뻔했다.

이배 형규 자전거 훔치지 아낫다.
우유도 훔치지 아낫다.
마트에서 초코레슨 훔쳣다.

나는 종이를 집어 들고 뛰쳐나갔다.
"야, 배꽁지!"
아무도 없었다.
슬리퍼를 발에 꿰고 허겁지겁 밖으로 나갔다. 역시나 옆집에도 종이가 붙어 있었다. 나는 순식간에 8층 현관문에 붙어 있는 것들을 떼고, 15층부터 한 층씩 내려가며 종이를 뗐다. 주인이 종이를 거둬 간 집도 여러 곳이었다. 개망신이다. 이번엔 진짜 이사를 가야 할지도 모른다.

슬쩍 봐도 지난번과 같은 글씨체였다. 꽁지를 찾는 것보다 종이를 거둬들이는 일이 먼저였다. 나는 계단을 두 칸씩 달려 내려갔다. 6층을 거쳐서 5층으로 가는데, 계단에 훈이가 있었다. 훈이와는 라면을 먹은 날 이후 처음 만났다. 그 집에 술을 좋아하는 아빠도, 폭력적인 아빠도 없는 걸 알고 나서부터는 녀석을 보러 가지 않았다. 물로 술을 만드는 연금술사 놀이에는 관심이 없었다.

"비켜."

훈이는 뻣뻣하게 앉아서 나를 모른 척했다. 역시 자존심이 센 놈이었다. 아빠가 돌아가셨다는 걸 들켜 버린 게 아직까지 마음에 남았나 보다.

"비키라니까."

훈이를 밀고 계단을 뛰어 내려갔다.

그런데 5층엔 종이가 붙은 집이 단 한 집도 없었다. 1층까지 가 봤지만 마찬가지였다. 나는 다시 위로 올라가며 복도를 두리번거렸다. 종이를 든 꽁지가 숨어서 나를 보고 있을 것만 같았다.

훈이는 그 자리에 그대로 있었다. 나를 보더니 후다닥 뭔가를 감췄다. 훈이가 뒤로 감춘 건 내가 수거하고 있는 종이였다.

"아래층 거 네가 뗐어?"

훈이는 종이와 나를 번갈아 보았다. 눈동자가 흔들렸다.

"야, 이거 믿지 마. 거짓말이야. 내 동생이 장난친 거야."

내 것과 훈이 것을 합치니 한 뭉치나 되었다.

"훈아, 다른 동에 가 봤어?"

훈이가 고개를 저었다.

"모른다는 거야, 안 가 봤다는 거야?"

"안 갔어."

그럼 가 봐야 했다. 종이 뭉치를 훈이에게 맡기고 재빨리 다른 동으로 향했다. 세 개 동을 살펴본 결과, 종이는 한 장도 없었다. 그럼 그렇지, 조금만 걸어도 힘들다고 징징거리는 꽁지가 다른 동에까지 종이를 붙이지는 못했을 것이다.

힘이 빠져 쓰러질 것 같았지만 꽁지에게 전화를 했다.

"학원이란 말이야."

꽁지가 소곤거리고 전화를 끊었다.

당장와니방뒤집어놓을거야.

나는 문자를 보내고 꽁지가 아끼는 것을 생각했다. 가장 먼저 피아노 위에 있는 줄넘기왕 트로피를 쓰레기통에 처넣을 거다. 방학을 하던 날 아빠 무릎에 앉아서 엄청 자랑하던 것이었다.

훈이가 계단에 없었다. 집으로 가서 초인종을 눌렀지만 아무도 나오지 않았다. 녀석이 종이로 비행기를 접어서 날릴 것만 같아서 불안했다. 혹시나 해서 위층으로 올라갔다. 훈이는 8층을 지나 9층으로 오르는 계단에 있었다. 빨대가 꽂힌 음료수 하나를 두고 빨간색 사인펜으로 종이에 뭔가를 쓰고 있다.

나를 보더니 또 종이를 뒤로 감추었다. 훈이는 종이를 빼앗기지 않으려고 했다. 얼굴이 벌겋게 되도록 안간힘을 썼다. 여덟 살 꼬맹이가 아무리 힘을 써 봤자, 내가 꽁지 이마를 손가락 하나로 밀어 버리는 정도밖에 되지 않는다.

훈이에게 빼앗은 종이에서 처음엔 아무것도 발견하지 못했다. 다음 장도 그다음 장에도 맞춤법이 틀린 꽁지 글씨만 있었다. 종이 뭉치를 거두어들이던 나는 문득 달라진 것을 발견했다.

이배 형규 자전거 훔치지 아낫다.
우유도 훔치지 아낫다.
마트에서 초코레슨 가치 훔쳤다.

훈이는 내 눈치를 봤다.

"형이 혼자서 훔친 거 아니잖아."

"네가 어떻게 알아?"

"형이 다 말했잖아."

"언제?"

"맨날 복도에서 떠들잖아. 다 들려."

생각, 생각을 해야 한다. 나는 종이에 적힌 글씨를 유심히 보았다.

"이거……, 네가 썼냐?"

훈이가 이히히 웃었다.

"지난번 것도 네가 썼어?"

더 크게 웃었다.

"야! 주먹만 한 게!"

나는 주먹을 치켜들었다. 훈이가 양팔로 머리를 막았다.

"형이 맨날 억울하다고 그랬잖아. 그래서 내가 대신 말해 준 거야. 가만히 있으면 형이 자전거랑 우유랑 훔친 게 되잖아."

훈이는 어제 종일 쓴 거라며 종이를 돌려 달라고 했다.

나는 훈이 목에 팔을 휘감았다. 훈이가 움찔 놀랐다. 꽁지만큼 피곤한 녀석이었다.

"이 배형규가 여덟 살이랑 놀아야겠냐? 꼬맹아, 네 걱정이나 해. 물을 소주로 만드는 거 보고 사람들이 수군거리는 거 몰라?"

"몰라."

"나도 종이에 써서 붙여 줄까? '훈이 아빠는 훈이 안 때려요. 훈이는 배달 음료만 훔쳐요.'"

훈이가 훌쩍훌쩍 울기 시작했다.

"내 말 맞잖아. 이건 몇 층에서 훔쳤냐?"

"나, 아무것도 안 훔쳤어."

그래 봤자 증거가 바로 옆에 있었다. 나는 빨대를 빼내고 음료수를 다 마셔 버렸다.

빈 음료수병을 훈이 손에 쥐어 주고 종이 뭉치를 챙겼다.

"꼬맹아, 공부 좀 해. 맞는 것보다 틀린 글자가 더 많아. 그리고 '이배'는 뭐냐?"

훈이는 울면서도 꼬박꼬박 말대꾸했다.

"형이 맨날 이배 형규, 이배 형규 그랬잖아."

나는 훈이 머리통을 갈겼다.

"내가 언제? 이 배형규 했지!"

"왜 때려?"

훈이가 더 크게 울었다. 그때 훈이를 부르는 소리가 났다. 녀석은 음료수병을 던지고 계단을 뛰어 올라갔다.

하얀 브로콜리를 뒤집어쓴 것처럼 파마머리를 한 할머니가 훈이를 등 뒤에 감추고 나를 내려다보다가 사라졌다.

나는 종이를 북북 찢었다. 화풀이를 할 데라곤 이것밖에 없었다.

잠시 후, 위에서 훈이 목소리가 들렸다.

"형, 이제 큰일 났다. 저 할머니, 노인정에서 이거야."

훈이가 계단 난간 사이로 엄지손가락을 흔들었다.

"어쩌라고?"

"할머니가 소문내면 끝이야. 형보고 문제아에 깡패라고 했어."

훈이가 혀를 날름 내밀었다.

나는 훈이가 두고 간 빨간색 사인펜을 계단 아래로 던져 버렸다.

아빠와 할아버지는 나까지 끌고 삼촌 마중을 나갔다. 새벽 다섯 시에 도착하는 비행기라서 잠도 제대로 못 잤다. 삼촌은 처음 말한 날짜보다 한 달이나 늦게 귀국을 하는 것이다. 할아버지는 아직도 삼촌이 사랑하는 사람이 백인인지 흑인인지, 남자인지 여자인지 알아내지 못해서 걱정이 많았다.

나는 배씨 집안의 전설적인 사고뭉치 떠돌이가 어떻게 생겼는지 빨리 보고 싶었다. 삼촌에게 물어볼 것도 많았다. 정말 할아버지 할머니 것을 훔쳤는지, 얼마나 많은 나라를 돌아다녔는지, 무엇보다 함께 달아났던 여고생과의 로맨스가 몹시 궁금했다.

전광판에 삼촌이 탄 비행기가 도착했다는 안내문이 떴다. 사람들이 나오기 시작했다. 할아버지가 사람들을 비집고 앞으로 나갔다. 아빠는 할아버지 뒤에 섰다.

나는 발뒤꿈치를 들고서 얼굴도 모르는 삼촌을 찾았다. 본 적도 없는 삼촌을 오랫동안 찾았다.

서툰 배웅

1

찬바람이 들어왔다. 이불 밖으로 나와 있던 발을 쑥 집어넣었다.

"남중아, 8번에 갖다 줘라."

아빠가 봉지를 던졌다. 가슴팍에 떨어진 봉지에서 라면이 삐져나왔다. 나는 이불을 뒤집어썼다.

해도 제대로 뜨지 않은 이른 시각이다. 전날 내린 비는 그쳤지만 정신이 번쩍 들 만큼 공기가 차다. 카운터 벽 열쇠걸이에 좌대 열쇠 세 개가 비었다. 어젯밤까지도 없던 새벽 손님이 들었나 보다. 저수지를 사이에 두고 가게와 마주 보고 있는 8번 좌대는 오른쪽으로 돌아가나 왼쪽으로 돌아가나 비슷한 거리이다. 왼쪽으로 나 있는 잔교에 플라스틱 의자가 엎어 놓은 그대로다. 아직 거기엔 손님이 들지 않았다.

마당에도, 가게 앞에도 내 자전거가 보이지 않았다. 하는 수 없이 아빠 자전거를 탔다. 짐을 실을 수 있게 큰 철판이 달려 있는 짐바리 자전거는 날렵한 내 것과는 비교도 안 되게 무겁고 둔했다. 나는 손님이 불러 세우는 귀찮은 일을 피하려고 언제나 좌대가 적은 왼쪽으로 낚시터를 돌았다.

숲 그늘이 진 웅덩이에 살얼음이 덮였다. 누렇게 말라 버린 개망초엔 서리가 내렸다. 찬바람에 얼굴까지 얼 지경이었다. 얼음이 언 웅덩이로만 자전거를 몰았다. 얼음 아래에서 흙탕물이 튀어 올랐다.

엄마 말처럼 날씨가 끝내주게 좋았다. 가을을 옴팡 빨아들인 숲과 하늘이 고스란히 저수지에 담겼다. 때늦은 단풍과 파란 하늘이 물에서도 화려하게 어우러져 잔바람에 일렁였다. 개교기념일인 오늘은 학교도 안 가고 날씨도 좋은데 새벽부터 라면 두 봉지를 배달한다.

5번과 6번 좌대 사이로 물길이 나 있다. 물길을 건너는 철제 다리에서 자전거가 휘청 미끄러졌다.

"아, 씨, 깜짝이야."

다리에 살얼음이 있었나 보다. 하마터면 아침부터 동태가 될 뻔했다.

8번 좌대에 여자가, 그것도 여학생이 있는 것을 보고 급히 손으로 머리를 빗었다. 자고 일어나면 수세미가 되는 곱슬머리를 감출 모자를 챙겨 오지 않았다. 그러나 이미 늦어 버렸다. 여자애가 아줌마에게 속닥거리는 게 보였다. 대놓고 나를 힐끔거리는데 기분 좋을 리 없다.

"이천 원, 선불입니다."

물 한 잔 마시지 않은 목에서 돌 구르는 소리가 튀어나왔다.

정수리가 희끗한 아줌마가 돈을 건네주었다. 이제 막 자리를 잡았는지 준비된 게 아무것도 없다.

여자애가 라면 봉지를 뜯으며 물었다.

"아저씨, 여기 물고기가 있긴 해요?"

처음부터 삐딱하다.

"실력이 문제지 엄청 많긴 하거든요. 그리고 나, 아저씨 아니에요, 학생이에요."

나보다 서너 살은 더 많아 보이는 얼굴이면서 누구더러 아저씨래! 낚싯대를 던져 보지도 않고 시비를 건다. 옆에서 얼쩡거려 보려던 마음이 싹 사라졌다.

여자애는 나를 관찰하듯 찬찬히 보다가 슬쩍 고개를 꼰다.

"그럼, 음……, 오~빠? 잘 잡히는 자리 알려 주면 안 돼요? 엄마 솜씨가 꽝이거든요."

오호, 오빠라? 분명 고딩처럼 보이는데 왜 학교도 안 가고 이러고 있대? 나처럼 개교기념일인가? 여자애는 명당을 알려 달라며 음료수까지 내밀었다. 친구들과 가끔 시내에서 어른 행세를 할 때 잘 숙성된 내 얼굴을 써먹기는 했지만, 이 새벽에 내 구역에서 요긴하게 쓰일 줄은 몰랐다.

"하긴, 그런 거 가르쳐 주면 안 되죠?"

끝이 살짝 말려 올라간 '오빠'란 울림을 음미하는 사이에 여자애는 내가 거절하는 줄 알았는지 음료수를 따서 마셔 버렸다. 그러고 보니 둘만 온 듯, 남자 어른이 보이지 않는다. 엄마와 딸, 낚시터에서는 좀처럼 볼 수 없는 조합이다. 음료수는 못 마셨지만 날 오빠로 알고 있으니, 통 크게 한번 쏘기로 했다.

"오전엔 잔교 쪽도 좋지. 가끔 드글드글 개떼같이 몰려……."

나는 다음 말을 꿀떡 삼키고는 건너편 아무 데나 손가락으로 찍었다.

엄마는 내가 손님들에게 포인트를 알려 주는 걸 싫어한다. 목요일마다 붕어를 위주로 잉어와 향어를 풀어 놓는데, 가끔 선수들이 훑고 가면 남은 날들은 손님들에게 싫은 소리를 들어야 했다. 아빠는 어망이 묵직해져서 가는 조사님들에게 다음 주에 또 오라고 인사를 하지만, 돌아서서는 먹지 않을 거면 풀어 놓고 가지, 하며 구시렁거렸다.

그러고는 아직도 저수지 밑바닥에서 유영하고 있을 거대 가물치 한 쌍을 들먹였다. 그 가물치는 절대 낚싯밥 따위에 입맛을 다시지 않을 거라고 했다. 처음부터 우리 못에서 몸집을 키웠는지, 물길을 따라 윗못에서 흘러 들어왔는지 모르지만, 이 년 전에 우연히 봤을 때에도 크기가 어마어마했다. 지금쯤이면 똥개 겁보만 할 거라고, 아빠는 보이지도 않는 가물치를 당첨되어 묻어 둔 복권마냥 뿌듯해했다.

낚시터를 지키는 겁보는 말이 개지, 멀리서 보면 송아지인 줄 알 정도로 몸집이 크다. 엄마는 겁보가 좌대를 돌며 이것저것 받아먹을 때면 나를 끌어들여 '네 형을 닮아서' 덩치만 키우느냐고 구박했다. 왜 그럴 때만 내가 겁보 형이 되는지 모르겠다. 겁보는 족보 있는 엄마에게서 태어났다는데 다들 똥개 취급이다. 막 키웠는데도 어찌나 겁이 많은지 어두워진 숲에는 절대 들어가지 않으려고 한다. 엄마는 겁보가 어렸을 적에 멧돼지에게 당한 경험이 있어서라고 했다.

"엄마, 오길 잘했지. 병……, 음, 내 친구 말이 맞지?"

여자애가 아줌마 팔에 매달렸다. 아줌마가 여자애를 물끄러미 쳐다보다가 끓는 물에 스프를 뜯어 넣었다.

"그래, 아무튼 잘 지내보자."

어쩐지 여자애가 아줌마 비위를 맞추는 분위기다. 싫다는 딸을 깨워 억지로 데려온 건 아닌 것 같다. 들뜬 여자애 기분이 언제까지 가려나?

"오빠, 여기 좋죠? 알바 겸 휴가 겸."

웬만하면 그냥 지나치려고 했다. 무엇보다 아침이고, 어제 저지른 비행이 아직도 입안에 남아 냄새를 풍길지도 모르고, 결정적으로 갑자기 오빠가 되어 버려서 참으려고 했는데……. 그래도 말은 해야겠다.

"저기, 넌 햄버거 주문 받을 때랑 햄버거 주문할 때랑 필이 같냐? 치킨 배달할 때랑 치킨 뜯을 때랑 필이 같냐고? 그건 낚시터 여기에서 저기까지 기어가는 것보다 더 먼 필이거든."

"치킨 배달요? 난 그런 거 안 해 봤거든요."

여자애가 쏘아붙인다.

어처구니없어 콧방귀밖에 안 나온다. 누구는 그런 거 해 봤냐? 그건 안 해 봐도 다 아는 거다.

낚시터 일이 아르바이트였다면 진작 그만두었을 거다. 한때는 친구들과 노는 것보다 낚시터 일이 더 좋았다. 일요일이면 좌대를 오가며 아빠 대신 떡밥을 비벼 주고, 배달 심부름을 하는 틈틈이 낚시를 했다. 지난 6월까지만 해도 나는 지역별로 특색을 갖춘 낚시터를 갖는 게 꿈이었다. 전국을 돌며 수질과 지형에 따라 어종을 달리해서 낚시터를 운영하고 싶었다.

그러나 이젠 낚시도, 저수지도 싫다. 맘 같아서는 윗못에서 내려오는 물길을 막고 저수지에 있는 물도 다 빼 버리고 싶다. 나는 오늘도 손님들이 찔끔찔끔 손맛만 타다가 허탕 치고 돌아가길 바란다.

"치킨은 됐고, 점심은 오리 볶음탕으로 해 주세요. 매운 거에 약하니까 안 맵게 해 주세요."

여자애가 메뉴에도 없는 오리 볶음탕을 시킨다. 단골은 아니어도 우리 집에 다녀갔던 적이 있는 것만은 틀림없다. 엄마는 주문이 있는 날만 오리 농장에서 생오리를 배달시킨다. 라면을 퍼 담는 아줌마는 뭐가 못마땅한지 한숨만 푹푹 쉬어 댔다.

나는 자전거에 오르며 후회했다. 좀 더 오빠답게 말할걸, 숙성된 얼굴 반만큼이라도 무게를 잡을걸. 그제야 자전거를 하우 집에 두고 온 게 생각났다. 자전거가 밤새 내린 비로 푹 젖어 있을 걸 생각하니 짜증이 올라왔다. 짐바리 자전거는 도저히 안 되겠다. 살짝만 힘을 빼도 핸들이 멋대로 틀어졌다.

아빠 자전거를 가게 앞에 세워 두고 하우네 집으로 갔다. 젖어 버린 건 자전거만이 아니었다. 어젯밤 내 마음도 푹 젖었다. 나는 바짝

마를 만큼 이불 속에 오래 있지 못했다.

지난밤, 하우에게 소리를 질렀다. 그런 걸 술주정이라고 하나? 쪽팔리게시리.

2

학교를 마치고 평소대로 집으로 갔다. 명운로에 사는 나와 강이, 동우, 성태, 네 명은 3학년이 되면서 함께 자전거를 타고 다녔다. 우리 동네는 이름만 명운로로 바뀌었을 뿐, 김천시 한 귀퉁이에 있는 시골스러운 명운리 그대로였다.

우리는 함께 학교를 빠져나오지만 터미널과 중앙 시장, 시네마타운을 지나는 복잡한 길에서는 각자 흩어졌다. 그 후 다리를 건너기 전에 있는 우체국 공터에서 다시 모였다. 시내에서 만날 때에도 우체국 공터가 약속 장소였다. 우리는 그곳을 '우공'이라고 불렀다.

나는 강이와 함께 공터에서 아이스크림을 빨았다. 같이 교문을 빠져나왔으니 시네마타운에 죽치고 있지 않는다면 동우와 성태도 거의 다 왔을 것이다. 웹툰을 좋아해서 별명이 툰광인 동우는 와이파이가 가장 잘 잡히는 영화관 앞에서 웹툰을 보고 오기 일쑤였다. 그날 올라오는 웹툰을 다 봐야만 잠이 잘 온다고 했다.

교복 재킷을 망토처럼 어깨에 두른 강이가 아이스크림 막대기를 화단 틈 사이에 쑤셔 넣었다.

"어뜨케."

강이는 늘 어뜨케를 입에 달고 다녀서 별명이 하우다. 강이에게 How는 Why도 되고 What도 되고 심지어 동사도 되었다. 그건 강이 할머니 말버릇이었다. 할머니는 이 년 전에 돌아가셨지만, 강이는 여전히 '어뜨케'로 대부분의 말을 시작한다.

이제 할아버지하고만 사는 강이는 이따금 할아버지와 함께 우리 집에 와서 밤낚시를 하곤 했다. 아빠는 강이에게 돈을 받지 않았고, 강이 할아버지는 농사를 지은 야채를 들고 왔다. 함께 다니는 우리는 아무 때나 튀어나오는 강이의 어뜨케에 익숙하지만, 아이들과 선생님은 그 말을 감탄사나 탄식쯤으로 알아들었다.

지금 '어뜨케'는 툰광과 성태가 늦어지는 것을 묻는 말이었다.

"시끼들, 빨랑빨랑 안 오고."

나는 성태에게 전화를 했다. 툰광은 웹툰이 끊길까 봐 오는 전화도 거절하는 놈이었다. 성태도 전화를 받지 않더니 먼저 가라는 문자가 왔다.

우체국에서부터는 오르막길이다. 평소 운동이라면 지고 못 사는 성태만 엉덩이를 한껏 치켜들고 속력을 내어 언덕 정점인 다리까지 자전거를 굴렸다. 성태가 아무리 부추겨도 나와 하우와 툰광은 성태를 따라 하지 않았다. 여름 땡볕에도 자전거로 기를 쓰고 오르막을 오르는 성태를 우리는 독한 놈이라고 쪼아 댔다. 나는 두둑한 뱃살과 묵직한 다리 때문에 오르막을 걸어서 오르는 것만으로도 숨이 찼다. 이 덩치에 자전거로 오르막을 올라가는 건 꿈도 못 꾼다.

하우와 나는 자전거를 끌고 올라와 다리에서부터 다시 속력을 냈다. 다리를 건너 도로로 내려가는 길을 버려 두고 우측 둑길로 핸들을 꺾었다. 차가 많이 다니지 않는 둑길에서는 원하는 만큼 속력을 낼 수 있었다. 강을 끼고 달리다가 삼거리에서 좌회전을 해서 새로 들어선 빌라들을 지나면 동네로 가는 내리막길이었다. 길에는 피자 한 판만 한 오동나무 잎들이 나뒹굴고 있었다. 낙엽들을 장애물 삼아 지그재그 운전을 했다. 벌써 하늘이 붉어졌다. 11월 해는 짧았다.

뒤에서 오던 하우가 자전거 벨을 울리며 다급하게 나를 불렀다.

"남중 여중 남중! 어뜨케."

막 내리막길을 탄 나는 브레이크를 잡았다. 이름으로 장난질을 하는 걸 보면 나쁜 일은 아니었다. 하우는 한 손엔 핸들을 잡고 다른 한 손엔 검은 봉지를 든 채 비틀거리며 입이 찢어져라 웃었다.

"야, 어뜨케. 이거 진짜야, 진짜."

가까이 온 하우는 검은 봉지를 열어 보였다. 그중 단연 눈에 띄는 건 과자 봉지 옆에 있는 초록색 술병이었다.

"어디서 났어?"

“저기, 낙엽 모아 놓은 곳 있지? 그 옆에 떨어져 있더라고, 어뜨케?”

기대처럼 소주병은 뚜껑을 딴 흔적이 없는 진품이었다.

나는 씨익 웃어 보였다. 하우의 작은 눈에 힘이 들어갔다. 나와 같은 생각을 하는 게 분명했다. 조금 전 우체국 공터에서 우리가 한 하소연을 하늘이 들어준 게 틀림없었다. 내일부터 학교 개교기념일이 낀 나흘 동안의 긴 연휴에 우리는 할 일이 없었다.

“할아버지 밤에 뭐 하셔?”

하우는 눈알을 이리저리 굴렸다. 할아버지 스케줄을 기억하려는 게 아니었다. 해가 지면 TV만 보는 할아버지를 어디로 보낼지 궁리하는 거였다.

우리는 툰광과 성태를 부를지 고민했다. 네 명이서 한 병을 나누어 먹는 건 아무래도 아까웠다. 더구나 저녁마다 체육관에 가는 성태까지 모이려면 열한 시를 넘겨야 했다. 그때까지 참고 기다릴 수 없었다. 우리는 누가 먼저랄 것도 없이 오늘 밤 거사에 둘을 빼 버리기로 했다.

날씨가 추워지면서 밤낚시 손님이 줄었다. 지난달까지도 물가에 묶여 있는 수상 좌대에서 숙식을 하며 며칠씩 있는 팀이 있었는데, 11월부터는 떨어진 기온만큼이나 밤 손님이 뚝 끊겼다. 오늘은 좌대도 잔교도 텅 비었다. 학교 운동장만 한 저수지가 올림픽 경기장 트랙만 하게 보였다.

“단풍철이잖아. 곱디고운 단풍철에는 물보다 산이 좋지.”

아빠는 곱디고운에 음을 넣어 흥얼거렸다.

"눈이 오게 생겼는데 단풍철은 무슨."

엄마 말이 맞았다. 화려한 단풍철은 이미 지났다. 시간 가는 줄 모르는 얼빠진 나무 몇 그루만이 아직까지 잎을 달고 있었다.

아빠는 밥을 먹다 말고 벽에 붙은 단자를 열고 스위치를 차례대로 올렸다. 낚시터 귀퉁이에 있는 가로등 네 개에 불이 들어왔다. 졸고 있던 저수지가 화들짝 놀라 급히 불빛을 내려 받았다. 겁보가 컹 하고 한 번 짖었다.

"빈방에 불은 왜 켜 둔대?"

썰렁한 저수지를 마땅찮아하는 엄마다. 아빠가 씩 웃으며 시계를 본다.

"지금쯤 야간 팀들 시내에서 저녁 먹고 출발했을 거야."

"예약 있었어? 누구?"

"누군 누구야? 월척에 목숨 거는 조사님들이지."

그제야 엄마는 농담인 걸 알고 눈을 흘겼다. 아빠는 손님이 없어도 자정까지는 불을 켜 놔야 한다고 했다.

낙천적이다 못해 생각이 없어 보이는 아빠나, 한숨을 달고 사는 엄마나 마음은 똑같았다. 새벽이면 저수지에 살얼음이 낄 정도로 추웠지만, 우리 가족은 아직도 지난여름 긴 장마철에서 벗어나지 못하고 있었다. 부모님은 낚시터 손님이 많아도 불안해했고, 손님이 없어도 걱정했다. 좌대와 잔교가 꽉 차는 주말에는 혹시라도 동네 사람들이 수군대지 않을까 해서, 마을 회관 쪽에서 걸어오는 사람만 보여도 바짝 신경을 썼다. 그러다가 오늘처럼 손님이 없는 날이 며칠씩 이어지면 한숨 섞인 푸념을 했다.

내 마음도 대책 없이 오르내렸다. 손님이 아주 안 왔으면 좋겠다고 불뚝대다가도 엄마 아빠 생각을 하면 그건 아니었다. 가게를 하는 집에서 살다 보면 저절로 매상에 예민해진다. 매상은 우리 집 체감 온도와 다름없다.

나는 겁보 밥을 챙겨 주고 가게 앞을 얼쩡대다가 슬그머니 자전거를 빼서 하우 집으로 내달렸다. 바람이 점퍼를 한껏 부풀렸다. 코끝에 매달린 바람에서 비 냄새가 났다. 가슴을 훅 내려앉게 만드는 냄새였다. 나는 온몸에 달라붙는 눅눅한 우울을 떨쳐 내려고 페달을 힘껏 밟았다.

하우는 나를 보더니 가스레인지에 불을 켰다. 싱크대 앞에는 이미 작은 상이 펴져 있었다.

"할아버지는?"

"부동산 할아버지네 고스톱 치러. 내일 학교 안 가니까 많이 놀다 오시라고 했어."

하우는 방과 싱크대를 오가며 능숙하게 상을 차렸다.

"소주엔 두부찌개가 최고래."

"누가?"

"어뜨케, 내가."

하우가 씨익 웃었다. 자식이 은근히 센스가 있다.

상 가운데 찌개 냄비를 놓고 양쪽에 수저와 술잔, 그리고 검은 봉지에서 꺼낸 포카칩까지 올려놓았다. 마지막으로 하우는 창문을 열고 문틀 사이에 있는 소주병을 들여놓았다.

"거기가 비밀 창고냐?"

"시원해야 맛인데, 냉장고에 넣어 둘 순 없잖아."

하우 하는 꼴을 보니 한두 번이 아닌 것 같다. 학교에서는 조용하고 내성적인 놈이 제 구역에서는 선수처럼 군다.

처음 마시는 술은 아니었다. 작년 수련회에 가서 포카리스웨트 병에 든 소주를 같은 방 아이들과 나눠 마신 적이 있었다. 음료수 병에 든 소주는 종일 가방에서 시달려서인지 미지근하고 알코올 맛도 다 날아가서 별로였다.

우리는 술잔을 반쯤 채우고는 어른들처럼 건배를 하고 단숨에 마셨다.

"헤이이휴, 허이그야!"

정체불명의 기이한 소리가 터져 나왔다. 나는 허겁지겁 찌개 국물을 퍼먹는데, 하우는 아무렇지도 않은 듯 여유롭다.

"너, 좀 마셔 봤냐?"

"어뜨케, 초딩 때 입문했지. 할아버지 먹다 남은 거에 물을 타서 홀짝홀짝 마시다가 다음 날 학교도 못 갔잖아. 토하고 정신 못 차리니까 체한 줄 알고 할아버지가 손 따고 소화제 먹이고. 술 먹은 거 들통날까 봐 병원에 안 갈 거라고 울었거든. 지금도 할아버지가 남기면 어쩌다 몰래."

"정말? 그럼 엄청 마셔 봤겠다."

"어뜨케, 맛도 없는데 웬 엄청?"

"자식, 엉큼하네. 그동안 말도 안 하고."

친구 둘을 배신한 은밀한 맛까지 더해져서 기분이 붕붕 떴다.

"낚시터에서 막걸리 얻어먹은 적 있는데, 그건 쫌 맛있거든. 소주는 뭔 맛이 이러냐?"

나는 폼을 잡고 하우에게 술을 따라 주었다. 하우도 나에게 술을 따라 주었다. 우린 마주 보며 실없이 웃었다. 소주는 금방 줄어 어느새 반밖에 남지 않았다. 툰광과 성태가 있었다면 입맛만 다시다가 끝나 버릴 뻔했다.

"천천히 마셔."

두 번째 잔도 여전히 썼다. 성격상 찔끔찔끔, 천천히가 안 된다. 먹는 것도 시원시원 빠른 게 좋다.

"야, 요즘 낚시하러 안 오냐?"

나는 찌개에 있는 두부를 수저로 뚝 잘랐다. 준비해 둔 말이 아니었는데 쉽게 나왔다. 하우 녀석이 움찔하더니 과자를 집어 먹는다. 이번엔 내가 술을 따라서 단숨에 마셨다. 입안에 든 두부까지 썼다.

"물고기는 계속 푸는데 손님이 적어. 씨알 굵은 놈들 꽤 많아."

하우는 말없이 소주를 찔끔 마시고는 만다.

"야, 하우! 이 시끼, 말 안 해?"

녀석이 급한 내 성격 알면서 일부러.

"추워서 안 돼. 올봄에 할아버지가 감기로 고생하셨거든. 의사가 폐렴으로 가면 위험하다고. 밤에는 안 돼."

"이 시끼, 핑계는. 그럼 내일 아침 먹고 할아버지랑 와. 아빠한테 말해서 좌대 방 보일러 빵빵하게 틀어 놓을게."

나는 아무렇게나 말했다.

"어뜨케, 지금 나 떠보냐? 너도 낚시 안 하는 거 다 알아."

하우는 할아버지가 동장 집에서 다 듣고 왔다고 했다.

"낚시 딱 끊었다며? 고등학교 구미로 갈 거라며?"

생각지도 않은 고등학교 이야기에 놀라 하우를 봤다.

이번엔 하우가 술을 단숨에 마셔 버리더니 찌개를 연거푸 떠먹는다.

"벌써 원서 썼냐? 나한테 말도 안 하고. 담임이랑 원서 썼지?"

할 말이 없다. 아니라고 말해야 하는데, 소용없을 것 같다.

우리 네 명 중 성태는 체대를 목표로 운동부가 있는 화복고에 가기로 일찌감치 결정을 했고, 툰광은 영상학과가 있는 대전 쪽 학교를 고집하고 있었다. 나와 하우는 당연히 시내에 있는 가까운 학교로 가는 것으로 모두들 알고 있다. 그곳은 우리 학교 졸업생 대부분이 진학하는 고등학교였다.

원서를 쓰진 않았지만 하우 말이 맞다. 고등학교는 구미로 갈 계획이다. 그 생각을 한 건 여름 방학 때 서울에서 정호 형을 만난 후부터였다. 옆집에 살던 정호 형은 고등학생 때부터 김천을 떠나 혼자 생활했다. 방학에 집에 오면 꼭 나를 보러 왔고, 며칠씩 함께 낚시를 할 정도로 친했다. 형은 봄에 군대를 제대한 후 대학에 복학을 하지 않기로 하고 취업 준비를 하고 있었다. 취업을 해서 몇 년간 돈을 모아 외국으로 갈 거라고 했다. 그때 생각했다. 나도 멀리 있는 학교로 진학하면 저수지 따위는 보지 않아도 되겠다고.

하우에게는 말을 했어야 했다. 그러나 매일 만나면서도 말이 나오지 않았다. 나까지 다른 곳으로 가면 하우만 이곳에 남게 된다. 하우는 할아버지 때문에 멀리 있는 고등학교는 생각지도 않는다.

"그래. 내가 배신자다, 시끼야!"

그러려고 한 게 아닌데 목소리가 오르락내리락하더니 끝에 가서는 빵 터졌다. 열이 확 올랐다. 추리닝 지퍼를 열어젖혔다.

"다 가라, 의리 없는 놈들."

풀 죽은 하우 목소리에 나도 한풀 꺾였다.

서로 말없이 멀뚱멀뚱 앉아 있다가 또 한 잔을 마셨다. 하우도 나를 따라 잔을 비웠다.

추도 없는 하우 방 벽시계가 좌우로 흔들린다. 벽시계를 따라 나도 흔들린다. 자꾸만 한숨이 나왔다. 하우에게 이런저런 이야기를 하지 않은 게 배신이라면 배신이다. 그래도 내가 더 섭섭하다.

"하우, 네가 나한테 그러면 안 되지."

여름이면 어른들은 마을 회관 앞에 모였고, 우리는 낚시터 샛길을 따라 산으로 올라가면 나오는 넓은 풀밭에 텐트를 쳤다. 상수리나무가 종일 그늘을 만들어 주는 그곳에서는 낚시터가 훤히 내려다보였다. 방학 동안 그곳에 텐트를 쳐 두고 각자 집에서 먹을 것을 날라다가 놀곤 했다. 그러나 윗못에서 사고가 있고부터 동네 사람들뿐 아니라 친구들까지도 아랫못인 낚시터를 쳐다보지도 않았다. 지난여름 방학 동안 낚시터 위 풀밭을 찾아오는 녀석은 한 명도 없었다.

"너도 그렇게 생각하지?"

"어뜨케, 뭘?"

"나도 다 들었어. 윗못 물이 어디로 가겠냐, 거기 물고기가 뭘 먹고 살겠냐, 이러면서 다들 우리 낚시터를 두고 쑥덕거리잖아."

"맞는 말이긴 하잖아. 윗물이 아랫물로 흐르는 거. 물 따라서 고기도 내려올 거고. 병규가 거기서 얼마 만에 나왔는데? 그거 생각하면 찝찝하긴 하지."

"뭐가? 뭐가 찝찝해!"

나는 수저를 내팽개치고 벌떡 일어났다.

"어뜨케, 이야기 꺼낸 건 너잖아."

"이러니까 내가 구미로 가는 거야. 우리가 뭔 잘못이냐? 우리는 그냥 하던 장사 하는 거잖아. 너도 그러는 거 아니야. 낚시가 싫으면 그냥 오기라도 하면 좋잖아. 네가 친구냐? 그것도 못 해 주냐? 이 시끼, 나만 배신자냐? 배신은 네가 먼저야. 니들 다 똑같아."

나를 끌어다 앉히려는 하우를 밀치고 밖으로 나왔다. 떠밀린 하우가 넘어지지 않으려고 버둥거렸다.

하우가 내 추리닝을 마당으로 던졌다.

"가라, 가."

부서져라 닫은 하우 집 대문이 튕겨져 덜컹거렸다.

비가 내리고 있었다. 시작부터 호들갑을 떠는 여름비와 달리 겨울을 부르는 비는 땅이 다 젖도록 유령처럼 소리도 없다. 문 앞에 겁보가 쪼그리고 있다가 꼬리를 흔들었다. 집에서부터 나를 따라왔나 보다.

취한다는 게 이런 걸까? 몇 걸음 걷지도 않았는데 어느새 집 앞이었다. 나는 가게 옆으로 나 있는 계단을 올라 옥상으로 갔다. 가로등 불빛에 겨우 모습을 드러낸 저수지는 춥고 쓸쓸했다.

문득 지난여름, 서울에서 본 그림이 생각났다. 정호 형이 공짜 표가 있다며 나를 미술관에 데려갔다. 프랑스 오르세 미술관에서 온 명화가 전시되어 있었는데, 그중 하나가 고흐의 〈아를의 별이 빛나는 밤〉이었다. 그림엔 밤이 된 강가 풍경이 담겨 있었다.

"이런 진품을 언제 또 만나겠냐? 많이 봐 둬."

"우리 저수지와 다를 게 없는데, 뭐."

그땐 정말 고흐가 그린 그림이 우리 저수지와 별다를 게 없어 보였다. 실력 좋은 화가라면 우리 저수지도 〈아를의 별이 빛나는 밤〉만큼 멋들어지게 그릴 수 있겠다는 생각을 했다. 그러나 비가 오는 오늘 밤 저수지는 아무리 유명한 화가여도 칙칙한 우울함 말고는 다른 걸 담아내지 못할 것 같았다. 그 화가가 고흐였어도 말이다.

비가 옥상 문 처마 아래로 들이쳤다. 나는 겁보 옆으로 바짝 붙었다. 푸우 푸우, 술 냄새가 났다. 바닥이 꿀렁거렸다. 어지러웠다.

"겁보, 넌 형 맘 알지?"

겁보는 몸을 흔들어 빗물을 세차게 털어 내고는 내 다리에 얼굴을 비볐다.

'네가 친구냐? 그것도 못 해 주냐? 이 시끼, 나만 배신자냐? 배신은 네가 먼저야.'

하우에게 한 말이 귀에서 왕왕거렸다. 그건 내가 들을 말이었다. 병규가 나에게 했을 말이었다.

수십 번도 더 생각한 그날을 다시 기억 속에서 불러냈다. 여느 때와 다를 게 없는 날이었지만, 이제는 그 어떤 날보다 선명하게 각인된 하루로 남았다.

병규가 자전거를 타고 낚시터에 온 건 장마가 시작된 6월 마지막 주 수요일 오후였다. 병규는 동네에서 초등학교를 다니다가 중학교에 올라가면서 시내로 이사를 갔다. 자주 어울리진 못했지만 여전히 같은 중학교에 다녀서 어색할 게 없는 사이였다. 병규는 일 년에 대여섯 번쯤 약속도 없이 동네로 왔고, 우리 중 시간이 맞는 사람과 놀곤 했다.

그날 병규는 학교에서 곧장 오는 게 아닌지 가방도 없고 교복 차림도 아니었다. 반바지에 슬리퍼를 끌고 와 불쑥 나를 불러냈다. 며칠째

오던 비는 그쳤지만 습기를 머금은 열기로 숨이 턱턱 막혔다. 바람이 불지 않아서 끈끈한 공기가 온몸에 달라붙었다. 우린 축축한 플라스틱 의자를 그늘로 가져갔다. 슬리퍼를 벗기는 장난을 하고, 휴대폰 게임을 하고, 수다를 떨었다. 그러다가 시끄럽다고 항의하는 손님에게 쫓겨 병규는 돌아가고 나는 가게로 들어왔다.

다음 날, 2교시 국어 수업 중에 과학이 와서 나를 복도로 불렀다. 과학과는 따로 만날 일이 없는 사이였다.

"어제 박병규 봤지?"

"네, 왜요?"

과학은 5반 병규 담임이었다. 3학년 담임 중 유일하게 남자인 과학은 매직으로 찍 그어 놓은 것 같은 굵은 눈썹으로 학생들을 제압하는 인상파였다.

"뭐 했어?"

"아무것도 안 했는데요."

그땐 병규가 담임 심기를 건드린 줄로만 알았다.

"샘, 병규가 보기보다 겁이 많거든요."

혹시 모를 일에 대비해 밑밥을 깔아 두려는데 과학이 매직 눈썹에 꿈틀, 힘을 주었다.

과학은 어딘가로 전화를 걸더니 연결음이 들리자 무작정 휴대폰을 나에게 넘겼다.

"여, 여보세요? 누구세요?"

"남중이니? 남중아, 우리 병규 못 봤니?"

병규 엄마였다. 병규가 어제 집에 돌아오지 않은 데다 오늘 학교에도 오지 않았다고 했다.

그렇게 병규가 사라졌다. 이틀을 더 기다린 경찰이 수사를 시작했다. 비는 다시 내렸고 병규는 돌아오지 않았다.

열흘 넘게 이어지던 지루한 장마가 그친 날이었다. 옆 동네 사람이 과수원을 살피러 왔다가 윗못 제방 아래에서 물에 반쯤 잠긴 자전거를 발견했다. 경찰과 119가 못에서 병규를 건져 냈다. 병규가 사라진 지 14일 만이었다. 자전거는 병규 것이 아니었다. 비가 와서 마을 회관에 며칠째 세워져 있던 최씨 아저씨 것이었다. 자살이 아니냐고 수군거리는 사람들도 있었지만, 나는 경찰에게 사고라고 말했다.

주말에 볼 영화를 골라 놓고 자살할 놈은 없다. 우린 그늘에 앉아 시네마타운에서 개봉한 공포 영화 이야기를 했다. 병규는 토요일 계획이 꽉 찼다고 말했다.

"일단, 아침 일찍 도서관에 자리를 잡아. 그다음 바로 조조 영화를 보는 거지. 그리고 일요일까지 쭈욱 기말고사를 위해 이 한 몸 바치는 거야."

무엇보다도 병규는 기분이 좋아 보였다. 병규 엄마 말도 비슷했다. 병규가 시험이 끝나면 대구에 새로 개장한 워터파크에 가고 싶어 했다는 말을 경찰에게 전했다. 학교와 경찰은 폭우로 인한 사고사로 병규 일을 마무리했다.

사고가 난 윗못과 낚시터인 아랫못 사이에는 나무들이 빽빽이 우거진 산이 있어서 곧장 가는 길이 없었다. 윗못으로 가려면 마을 끝에 있는 우리 가게 뒤로 난 길을 따라 과수원이 있는 언덕을 올라야 했다. 그 길은 송가동으로 통하는 옛길이었다. 포장도 되어 있지 않고 차도 겨우 한 대가 지나갈 정도로 좁았다. 시내에서 옆 동네를 거쳐 가는 자동차 전용 도로가 생긴 후로는 과수원 일을 하는 사람들만 지나다녔다. 언덕 꼭대기에서 모퉁이를 돌면 윗못이 있는 숲으로 들어가는 오솔길이 있었다.

윗못은 아랫못보다 다섯 배도 더 넓었다. 어릴 적엔 여름에 날을 잡아 동네 사람들 모두가 가서 물놀이도 하고 반두로 물고기를 잡아 매운탕을 끓여 먹었다. 어른들에게 윗못은 옛날이야기를 할 때 단골로 등장하는 곳이었다. 그러나 칠팔 년 전 윗못이 상수도 보호 구역으로 지정되면서 수질을 보호하고 수원을 확보한다는 이유로 못을 더 크게 파고 주위로 제방을 쌓았다. 그때부터 낚시도, 취사도 금지되었다. 대신 아랫못이 낚시터로 허가가 나서 아빠가 지금까지 꾸려가고 있었다.

윗못은 아무리 가물어도 바닥을 드러내는 일이 없다고 했다. 지난 여름엔 장마가 길어서 평소보다 훨씬 물이 많았을 거라고 어른들이 말했다. 사고가 있은 후, 사람들은 윗못 제방에 높은 철망 울타리를 둘러치자고 시청에 민원을 넣었다.

병규의 죽음은 나뿐이 아니라 우리 집에까지 영향을 끼쳤다. 병규

아버지는 술만 먹으면 윗못으로 올라갔다가 사람들에게 끌려 내려왔다. 어느 날, 병규 아버지가 우리 가게로 와서 병규가 앉았던 곳이 어디냐고 물었다. 나는 숲 그늘이 진 곳으로 가서 죄인처럼 고개를 숙였다. 눈이 마주치면 아저씨가 나에게 달려들까 봐 겁이 났다. 병규가 윗못에 갈 동안 넌 무얼 했냐고, 손가락질을 할 것만 같았다.

아저씨는 넋을 놓고 있다가 갑자기 고래고래 소리를 질렀다.

"물이 다 이리로 올 텐데, 이노무 자슥들아! 우리 아들이 살려고 발버둥치던 물에서 네놈들은 잘도 노는구나. 내 자슥 뜯어먹고 사는 것들아! 아이고, 병규야."

아저씨는 물고기들에게 화풀이를 하는 것 같았지만, 사실은 낚시터를 하고 있는 우리 집을 원망하는 것이었다. 네놈들과 이노무 자슥들이 엄마 아빠가 될 수도 있었다. 한바탕 울음을 쏟아 낸 병규 아버지가 물로 뛰어드는 바람에 사람들이 끌어내는 소동이 벌어지고, 소식을 듣고 온 병규 엄마까지 실신해서 119에 실려 갔다.

그날로 아버지는 낚시터를 닫았다. 찾아오는 손님도 돌려보냈다. 두어 번만 낚싯대를 던져 보자는 사람들을 쫓아내다시피 하고는 매일같이 동장 집으로 가서 술을 마셨다. 엄마도 장사를 접어도 굶어 죽지 않는다고 대차게 나왔다. 그러나 두 분은 밤마다 괴로워했다.

윗못에서 내려오는 물은 낚시터로 들어오는 것보다 강으로 흘러가는 것이 더 많았다. 낚시터 물도 자연히 다시 하류로 흘러갔지만 병규 아버지에게 그런 건 중요하지 않았다. 그저 물이 많은 못이 눈에 띄는 게 싫은 거였다. 그건 나도 마찬가지였다. 나도 좋아하던 낚시를 그만 두었다.

"겁보야, 내가 원래 이렇게 비겁한 놈이 아니잖아. 내가 뭘 감추고 그러는 거 무지 싫어하는 거, 너 알지? 그런데 내가 왜 그랬을까?"

내 다리를 베고 누운 겁보 옆구리를 쓰다듬었다. 겁보는 눈도 뜨지 않고 꼬리만 슬쩍 올렸다.

"야, 난 왜 자꾸 미안한 놈이 되냐? 병규에게도 미안하고, 하우에게도 미안하고. 너? 너한테는 안 미안하지. 내가 먹을 거 많이 주잖아."

나는 겁보 꼬리를 잡고 빙빙 돌렸다. 겁보가 질색을 하고 발버둥을 쳤다.

갑자기 불빛을 가르던 비가 사라졌다. 사방이 깜깜해졌다. 낚시터 가로등이 꺼졌다. 조용하다. 조용한 비가 내렸다. 비가 더 차가워졌다.

3

살짝 자전거만 가지고 나오려고 했는데, 창문 너머 하우 할아버지와 눈이 마주쳤다. 할아버지가 들어오라고 손짓을 했다. 할아버지는 TV 앞에서 상다리도 없는 쟁반을 놓고 식사를 하고 있었다.

"버르장머리 없는 자슥들, 얼마나 처먹었나 몰라."

할아버지는 나를 보자마자 욕부터 쏟아 냈다. TV에서는 날씬 미녀들이 체조를 하고 있었다. 아침부터 할아버지를 화나게 할 장면이 아니었다.

"남중아, 과수원집하고 삼거리 목욕탕에 전화 넣어라. 당장 와서 꼴을 봐야지. 우리 강이를 저 모양으루다 만들고 처자빠져서는 일나도 안 해."

할아버지 입에서 밥알이 튀어나왔다.

방문을 열자 시큼한 냄새가 코를 찔렀다.

"어? 이 시끼들, 뭐야?"

어젯밤에는 없었던 튼광과 성태가 하우를 사이에 두고 자고 있다. 발밑에는 치우지 않은 상이 그대로 있고, 상 위에는 항아리 모양을 한 투명 플라스틱 통에 국자가 걸쳐져 있다. 통에는 정체 모를 열매가 반가까이 차 있었다. 냄새는 거기서 났다.

튼광이 아빠 몰래 과실주를 가지고 온 게 분명했다. 과수원을 하는 튼광이네 저장고엔 과일과 약초로 담근 술 항아리가 가득했다.

"놔둬. 고대로 놔둬. 전화나 걸어, 얼른."

할아버지 성화에 못 이겨 튼광과 성태 집에 차례로 전화를 걸어 할아버지를 바꿔 주었다. 할아버지는 당장 와서 어린놈 하는 짓거리를 보라고 노발대발했다. 어른도 몰라보고 난장판을 만들었다고 소리를 쳤다.

나는 어른들이 오기 전에 초록색 술병이라도 치우려고 했다. 그건 두 녀석들보다 먼저 일을 벌인 내 흔적이었다.

"건들지 마! 고대로 나둬. 에미 애비 있는 놈들이 어떤 꼬락서니루다 노는지 봐야 우리 강이 구박 안 한다. 넌 와서 밥이나 먹어."

하는 수 없이 밥을 퍼 와서 할아버지 옆에 앉았다. 반찬은 김치와 어제 안주로 먹다 만 두부찌개가 다였다. 두부에서는 아직도 술맛이 났다.

할아버지는 씩씩거리면서도 TV에서 눈을 떼지 않았다.

"할아버지, 어제 돈 많이 따셨어요?"

"어제? 응, 좀 땄지. 오늘은 고급 커피루다 한 잔씩 쭉 돌려야지."

할아버지는 복지관에서 자판기 커피를 마시는 재미가 쏠쏠하다고 했다.

"우아, 그 정도면 싹 쓸었겠네요."

"그렇다고 볼 수 있지. 근데, 내가 어제 고스톱 친 줄 어뜨케 아냐?"

순간 움찔했다. 하우와 술을 마신 건 내가 먼저였다고 고백할 수는 없다.

"뭐, 그냥요. 할아버지가 안 계셨으니 저 시끼들이 저랬겠죠."

밥을 다 먹었을 때쯤 툰광과 성태 아빠가 왔다.

"왔는가? 방에들 가 보게."

할아버지는 전화로 화를 낼 때와는 달리 뒷짐을 지고 점잖게 대했다.

툰광 아빠와 성태 아빠가 방문을 열어 보고는 기겁을 하며 아이들을 흔들었다.

"그렇게 일어날 놈들이었으면 자네들을 불렀겠나? 해 놓은 꼴들 좀 보게. 우리 강이는 친구들이 밀고 들어와서 어쩔 수 없다고 쳐도, 두 놈 꼴 좀 봐. 날 얼마나 우습게 봤으면 어른이 있는 집에서 술을 퍼먹고, 위아래도 모르고 처자빠져서는."

할아버지는 더 이상 소리를 지르지 않았지만, 말투는 여전히 에미 애비가 키운 놈들에게 화가 나 있었다.

"강이 할아버님, 죄송합니다. 정말 면목이 없습니다."

아저씨들은 할아버지 눈치를 보며 아이들을 깨웠다. 성태가 게슴츠레 눈을 뜨더니 귀찮다는 듯 돌아누웠다.

"안 일어나? 이노무 시키, 성태야!"

엉덩이를 걷어차인 성태가 빙 둘러선 사람들을 보고는 벌떡 일어나 앉았다. 이어 툰광과 하우도 일어났다. 툰광과 성태는 등짝을 맞으며 아저씨들에게 끌려 나갔다. 툰광 아빠는 남은 과실주 항아리를 챙기는 걸 잊지 않았다.

하우는 아직도 정신이 없는지 벽에 기대어 눈만 껌뻑였다.

"뭔 상황이냐? 쟤네들은 언제 왔어?"

나는 바닥에 널브러져 있는 것들을 치우며 물었다. 한바탕 난리에 어제 하우에게 화를 냈던 일은 아무것도 아닌 게 되어 버렸다.

하우는 밖을 힐끔거리더니 손짓을 했다. 툰광이……, 전화……, 둥글둥글? 아, 항아리! 토하고? 대충 그런 뜻이었다.

"물 올려놨다. 해장은 라면 국물루다가."

할아버지는 하우에게 한마디 야단도 치지 않고 밖으로 나갔다. 고급 커피를 쏘러 복지관에 가는 거였다.

하우는 냄비에 물을 더 붓고 라면 세 개를 끓였다. 툰광과 성태와 있었던 일을 떠벌릴 만도 한데 별말이 없다.

하우가 라면을 먹다가 어제 길에서 주운 검은 봉지를 툭 던졌다.

"야, 이런 것도 들어 있더라."

과자와 술이 빠져나간 봉지에서 노끈 뭉치와 편지지, 볼펜이 나왔다. 편지지는 흰 종이에 줄이 쳐져 있는 평범한 것이었다. 나는 물건들을 꺼내 놓고 멀뚱히 쳐다봤다.

"어뜨케, 좀 이상하지 않냐?"

그러고 보니 물건들 조합이 맞지 않는다.

포카칩, 술, 노끈, 편지지, 그리고 볼펜.

"아줌마가 장 봐서 가는 품목은 아니고. 어뜨케, 뭐 생각나는 거 없어?"

포카칩과 술은 먹는 거니까 그렇다 쳐도, 생뚱맞게 노끈과 편지지에 볼펜까지. 요즘 누가 편지 같은 걸 쓴다고.

하우는 냄비 바닥이 드러날 때까지 라면 국물을 마시고는 다시 누웠다.

"어뜨케, 하나 생각나는 거 있는데."

나도 떠오르는 게 있다. 불길하고 찝찝한.

"설마."

하우가 고개를 끄덕이더니 벌떡 일어나 노끈 뭉치를 풀어서 양쪽 끝을 잡았다. 길이가 겨우 양팔 너비의 세 배 정도였다.

"새건데 묶음으로 산 것도 아니고."

"돈이 없어서 '5미터만 주세요?'"

"내 말이."

하우가 맞장구를 쳤다.

하우는 밖으로 삐져나온 포카칩 때문에 검정 봉지가 눈에 띄었다고 했다. 다시 가져가려고 꽁꽁 묶어 얌전히 숨겨 놓고 간 건 아니라는 뜻이다.

“돈이 없는 어른? 포카칩을 좋아하는 어른? 그건 아니잖아.”

하우가 또 고개를 끄덕인다.

“어뜨케, 마음 고쳐먹고 버린 거라면 몰라도, 한번 마음먹은 사람이 다시 하지 말란 법 없잖아. 자꾸 병규 생각도 나고.”

“이 시끼, 여기다 병규를 왜 갖다 붙여!”

나는 봉지를 차 버리고 돌아누웠다.

휴대폰이 끈질기게 울려 댔다. 끊겼다가 다시 울리기를 반복했다.

“남중아, 8번에 오리 볶음탕 주문 받았어?”

“몰라, 아마 그럴걸.”

잠에 푹 젖은 몸이 물렁물렁했다.

“뭐가 아마야? 어디야? 네 아빠도 시내 가고 없는데, 빨리 와.”

엄마가 날 찾는 걸 보니 집이 아니었다. 학교도 아니었다. 눈을 뜨니 하우 등이 보였다. 그제야 오늘이 개교기념일이라는 게 생각났다. 두 분이서 번갈아 깨워서 당최 잠을 잘 수가 없다.

늦어 버린 식사를 담은 배달통을 들고 저수지를 돌았다. 멀리서부터 8번 좌대 여자애가 노려보는 게 느껴졌다. 배가 고파서인지 고기 입질이 시원찮아서인지, 입이 툭 튀어나와 있었다.

“두 시 넘었잖아요. 취소했다고요.”

"학생, 우리 딸은 배고픈 거 못 참아. 벌써 햇반 데워 먹었어."

뿔이 난 여자애 말에 아줌마까지 합세했다.

"잡은 오리를 어떻게 취소해요? 오리, 냉동 아니라는 거 알고 주문하셨잖아요."

나는 플라스틱 통에서 냄비와 그릇을 꺼내 좌대 방 안에 부려 놓았다. 말은 퉁명스럽게 했지만 음식을 세팅해 주기로 했다. 휴대용 가스레인지에 냄비를 올려 불을 붙이고 먹기 좋게 반찬 뚜껑도 벗겨 주고 수저까지 양쪽에 놓아 주었다. 배달이 늦은 것에 대한 서비스였다. 여자애는 의자에 앉아 먼 산만 봤다. 어망을 슬쩍 보니 물고기가 들어 있다. 아주 허탕 친 것도 아니었다.

"음료수는 서비스래요. 보온병에 커피 있으니 후식으로 드세요."

나는 종이컵을 놓아 주는 것으로 상차림을 마쳤다.

아줌마 재촉에 못 이겨 수저를 든 여자애가 밥을 쿡쿡 찔러 대다가 고개를 들었다.

"오빠는 학교 안 가요?"

엄마가 싫은 소리 들어가며 급히 한 음식을 대하는 여자애 태도가 마음에 안 든다.

"학교 안 가냐고요?"

여자애가 짜증을 냈다. 언제 봤다고, 고작 오빠라고 한 번 불러 주고는. 우리가 짜증을 주고받을 사이냐?

"오늘 안 가."

"대학생들, 벌써 방학한 건 아니죠?"

깜짝 놀랐지만 나도 모르게 고개를 끄덕였다. 중딩도 학교 안 가는 날이 있으니 거짓말은 아니다. 모르긴 해도 대학생들은 방학을 안 했을 거다.

"산 위에 있는 큰 저수지에 아직도 물 많아요?"

까칠하게 굴면서 물을 건 다 묻는다.

"거긴 물은 많아도 고기는 없어."

"고기는 필요 없거든요."

여자애가 입을 삐죽거린다. 한마디도 지지 않는 저 입을 쥐어박고 싶다.

아줌마는 냄비에서 살점이 많은 건더기를 건져 여자애 밥 위에 올려 준다. 먹으라고 권하는 말에 정이 뚝뚝 넘친다. 둘 사이에 무슨 일이 있었는지 아침과는 상황이 바뀐 듯했다. 이젠 아줌마가 여자애 비위를 맞추고 있었다.

5번 좌대에 미끼를 가져다주고 잔교에 간식을 배달하고 다시 8번 좌대에 그릇을 가지러 갔다. 먹은 그릇을 배달통에 얌전히 담아 놓은 걸 보니 맛있게 먹었을 거라는 안도감이 들었다. 음식에 불만이 있는 사람들은 먹은 그릇을 그대로 두고 우리가 치워 가기를 기다리는 경우도 있다. 심지어는 밥값을 떼어먹고 가는 사람도 있다. 그래서 항상 선불이어야 한다.

여자애가 보이지 않았다. 애가 아니라 사실은 누나일 거다. 그래도 들통나기 전까지 나는 대학생 오빠다.

"학생은요?"

아줌마는 무슨 생각을 하는지 물만 내려다보고 있다.

"아줌마 딸은 오늘 학교 안 가요?"

아줌마가 그제야 나를 올려다봤다. 경계하는 건지, 아님 진짜 그게 궁금하냐는 건지……. 눈빛이 한동안 나에게서 떨어지지 않는다.

나는 플라스틱 통을 자전거 뒤에 실었다.

"여학생이 낚시터에 오는 건 오랜만이거든요. 아줌마가 끌고 온 거예요? 아님 학생이 따라온다고 했어요?"

아줌마는 말없이 낚싯대 두 개를 번갈아 감아올려 찌를 바꿔 달고는 다시 던져 넣었다. 초보 티가 났지만 도와 달란 말이 없어서 내버려 두었다. 아줌마가 한숨을 쉬더니 엉뚱한 말을 한다.

"동생은 안 보이네."

겁보가 동생이라는 것까지 안다. 겁보를 내 동생이라고 부르는 사람은 엄마밖에 없었다. 아줌마는 엄마와 친한 사이인지도 모른다.

"그놈이야 뭐, 내키는 대로 쏘다니니까요. 지가 할 일이 있어야죠."

"그래? 걔도 학교 가기 싫어하니?"

대화가 이상하게 흐른다. 아줌마가 내 말을 못 알아들었거나 최고급 농담을 구사하는 거다.

"개가 뭔 학교를. 그놈은 뭘 가르치려고만 하면 도망가요."

아줌마가 의자를 끌어 내 옆에 바짝 붙었다.

"그래? 걱정되겠네. 우리 딸은 힘들어하긴 하는데 학교 빠진 건 오늘이 처음이야. 며칠 전부터 막무가내로 졸라서 할 수 없이 여기 온 거야. 그래도 우리 유나, 얌전하고 성실한 애야. 그동안 말썽 한 번 피운 적 없어. 사실, 나는 지난달에야 알았어. 윗못 저수지에서 죽은 병규라는 애, 여기 자주……."

나는 벌떡 일어났다.

"밥값 삼만 칠천 원요, 아까 안 주셨어요."

이런 이야기는 사절이다. 소문을 확인하고 싶은 거라면 상대하고 싶지 않다.

아줌마는 말이 끊긴 걸 아쉬워하며 돈을 주었다. 나는 준비해 간 잔돈 삼천 원을 거슬러 주고 배달통을 자전거에 매달고 와 버렸다.

"유나든 요나든 나랑 뭔 상관인데요. 아줌마 딸한테 관심 없거든요. 병규 소문……도 관심 없거든요."

나는 벌렁거리는 가슴을 누르듯 페달을 꾹꾹 밟았다.

숲 빛깔이 바뀌었다. 어스름이 내릴 시각이었다. 의자를 돌려 노을을 등지고 산을 향해 드러눕다시피 앉았다. 햇빛이 사그라지면서 금방 추워졌다. 뉴스에서는 11월에 서울 한강이 얼기는 몇십 년 만이라며 어느 해보다 추운 겨울이 될 거라고 호들갑을 떨었다.

엄마는 물에 떨어진 낙엽을 걷어 내라고 성화지만 나는 어두워지기만을 기다렸다. 내일 아침이면 부르지도 않은 낙엽들이 또 단체로 물로 내려올 거다. 한꺼번에 치우면 된다. 하루쯤 내버려 둔다고 저수지가 넘치는 것도 아니다.

아침에 목줄 걸린 개처럼 끌려가던 튠광과 성태 생각에 웃음이 났다. 나만 빼고 셋이서 재미난 시간을 보낸 벌이라고 생각하니 엄청 고소하다. 튠광인 아저씨가 보물처럼 여기는 과실주에 손을 댔으니 두 배는 더 괴로울 거다. 하우는 걱정할 것도 없다. 할아버지는 성격이 괄괄해도 하우를 끔찍이 아꼈다. 사회 복지사가 아무리 찾아와도 할아버지는 복지관에 가지 않겠노라고 버텼다. 사람들이 자식 자랑하는 게 듣기 싫다고 했다. 그러나 혼자 집에만 있다가 치매에 걸리면 저는 어쩌냐는 하우의 한마디에 다음 날부터 다시 복지관에 나가기 시작했다. 할아버지는 복지관 개근상감이었다.

"술, 노끈, 편지지……."

하우가 보여 준 것들에 자꾸 마음이 쓰인다. 봉지에 든 물건만으로 생각을 멋대로 몰고 가는 건지도 모른다. 그러나 하우도 나와 같은 생각이었다. 봉지 속의 것들을 무시하고 밀쳐 두려고 할수록 하우 말처럼 갑자기 가 버린 병규가 떠올랐다.

상수리 잎이 떠 있는 물에도 노을이 퍼졌다. 곧 가장자리에서부터 얼게 될 물은 차가운 얼음 밑에서도 제 길로 들고 날 것이다. 지금 노을을 담는 건 그날의 물이 아니다. 아무리 고인 듯 잔잔히 흘렀더라도 그때의 물은 여러 계절의 모퉁이를 돌아서 이젠 가늠할 수 없을 만큼 멀리 가 버렸을 것이다.

병규 아버지는 더 이상 윗못에 가지 않는다. 우리 집에도 오지 않는다. 아저씨가 윗못에 간 이유는 병규가 살려고 발버둥치다가 남긴 간절함이라도 길어 올리고 싶어서였는지도 모른다. 아저씨를 누르고 있던 대상 없는 원망과 억울함은 어떻게 되었을까? 병규 부모님은 어쩌고 계실까?

정호 형도 보고 싶다. 여름에 만난 형은 오전엔 학원을 다니고 저녁 늦게까지 수영장 안전 요원 아르바이트를 했다. 일주일을 함께 지내는 동안 형이 아르바이트를 하는 뚝섬 야외 수영장 텐트에서 잠을 잤다. 그중 이틀은 비가 와서 고시원으로 갔다. 석 달째 고시원에서 살고 있다는 형은 그곳엔 사람을 데려올 수 없다고 했다. 그래서 형이 직원을 주방으로 불러 붙잡아 두는 사이에 나는 계단을 뛰어 올라가 형 방으로 숨어들었다. 방은 정말 좁았다. 형은 침대에, 나는 바닥에 누웠다. 침대와 벽 사이에 내 몸을 끼우면 틈이 남지 않았다.

형은 있는 그대로 나를 받아 주었다. 내가 형 옆에 있고 싶은 만큼 있게 해 주었다. 그래서 정호 형 앞에서 실컷 웃고 까불고 울었는지도 모르겠다. 형을 만나고 나서야 나를 짓누르고 있던 바위 하나를 덜어 낼 수 있었다.

나는 아무 일도 없었다는 듯 제자리로 돌아왔다. 아니, 돌아왔다고 자신했다. 다 잊은 척, 괜찮은 척 낚시터 일을 도왔는데 아빠 눈에는 내 속이 다 보였나 보다. 이젠 하우에게까지 속을 들켜 버렸다.

잘 참아 왔다. 병규에게 미안한 마음이 있었기에 그동안 친구들이 섭섭하게 굴어도 참았다. 그런데 어제는 비가 내렸다. 병규가 사라지고 발견되기까지 지루하게 내린 비. 지난여름, 나는 병규의 실종이 차라리 가출이길, 얼어터진 모습으로라도 돌아오길 간절히 바라며 비를 맞고 쏘다녔다. 어제저녁에도 그날의 비 냄새가 났다. 우울하고 불길했던 냄새. 자전거가 가르는 축축한 바람이 눌러놓았던 내 감정들을 건드렸다.

기지개를 켰다. 이제 단풍과 노을이 한 빛깔로 어두워졌다. 그때, 상수리나무들 사이에서 무언가가 움직였다. 겁보는 온 마을을 돌아다녀도 혼자서 숲으로는 가지 않는다. 움직이는 건 겁보보다도 키가 컸다. 도토리를 줍는 것도 다 끝났는데, 이 시각에 산으로 들어가는 사람이라니. 숲이 잘 보이는 잔교 앞으로 갔다. 파란색 점퍼가 나무들 사이에서 나타났다 사라지기를 반복했다. 8번 좌대에 있던 여자애였다. 여자애가 길도 없는 산을 오르고 있었다. 돌아보니 8번 좌대에는 거둬들이지 않은 낚싯대가 그대로 있다.

나는 5번 좌대 뒤로 난 샛길로 들어갔다. 겁보가 짖어 댔다. 겁도 많고 호기심도 많은 놈이 저를 떼어 놓고 간다고 나를 부른다. 낚시터를 벗어나면 금방 나무들이 빽빽한 숲이 시작된다. 겁보 소리가 들리지 않자 주위가 조용했다. 발에 밟히는 낙엽 소리가 유난히 컸다. 여름에 텐트를 치던 언덕 위 넓은 풀밭에 여자애가 있었다. 수북한 낙엽 덕분에 발밑이 푹신했다. 여자애는 푹신한 상수리나무 아래 웅크리고 있었다. 한참을 지켜봐도 움직이지 않는다. 낚시가 지루해서 산책을 나온 것 같지는 않다. 무릎을 덮은 긴 머리카락이 으스스하다.

이제는 남아 있던 빛도 사라지고 하늘에 초저녁 별이 보였다. 나는 가까이 가서 말을 걸었다.

"여기서 뭐 해? 이런 데 혼자 오면 안 돼."

이번에야말로 촉촉한 눈빛을 기대했다. 그런데 다짜고짜 쏘아붙인다.

"왜 안 되는데요? 여기가 아저씨네, 아니 오빠네 집은 아니잖아요?"

"야! 이 산에 멧돼지도 있고 뱀도 많아. 겁대……."

겁대가리도 없다고 말하려다가 참았다.

"나한테 왜 이래요? 내버려 둬요."

여자애가 앙칼지게 소리를 지르고는 다시 무릎에 얼굴을 묻었다.

우는 걸까? 내가 뭘 어쨌다고. 낯선 사람에게 흔쾌히 오빠라고 부를 때는 사교성 최고에다 애교까지 있는 상큼 발랄 여고생 같았는데, 아니었다.

그때 낙엽을 밟는 소리가 들렸다. 곧 아줌마가 비명을 지르며 뛰어 올라왔다.

"뭐야? 학생이 왜 여기 있어? 우리 애 따라왔어? 무슨 짓이야?"

"어? 따라온 거 아네요. 저, 아무 짓도 안 했어요."

분명 아무 짓도 안 했다고 했는데 아줌마가 내 팔을 꽉 잡았다. 키는 자그마해도 손아귀 힘이 무척 셌다. 아줌마가 바짝 당기는 힘에 나는 슬쩍슬쩍 버텼다. 마음대로 다니지도 못하냐고 잡힌 팔을 뿌리치면 그만이지만 두 사람은 낚시터 손님이고, 난 정말 아무 짓도 안 했다.

"엄마, 여기서 우리 자리 보여. 내가 이거 어떻게 알았게?"

"알아, 엄마도 다 알아. 엄마한테 말한 거 하나도 안 잊었어."

아줌마가 달래자 여자애가 일어나 엉덩이를 털었다. 조금 전까지 사납던 말투는 어디로 갔는지 아줌마에게 빙긋 웃는다.

아줌마는 그제야 나를 놓아주었다.

"어두운데 혼자 오면 어떡해? 아무나 막 믿고 그러면 안 돼."

여자애는 휴대폰으로 사진을 찍으려고 이리저리 맞춰 보더니 포기해 버렸다. 사진을 찍기엔 너무 어두웠다.

"엄마 올라올 때 카메라 가지고 왔으면 좋았을걸. 내일은 사진 많이 찍어야지."

여자애가 아줌마 팔에 매달리며 콧소리를 냈다. 정말 어이가 없다. 여자애 기분이 시시각각 변했다.

갑자기 하우 할아버지가 해 준 이야기가 생각났다. 할아버지가 총각이었을 때 한밤중에 옆 동네에서 제사를 지내고 혼자서 산을 넘어오는데, 산모퉁이를 하나씩 돌 때마다 색시와 백발 할머니가 번갈아 나타나 같이 가자고 했다나.

아줌마가 뒤에 오는 나를 계속 힐끔거렸다. 어두운 길 때문만은 아니었다. 여자애를 아줌마 앞으로 세우더니 점점 걸음을 빨리하며 자꾸만 돌아봤다. 조금만 움찔거리면 치안으로 몰릴 판이었다.

오솔길이 넓어진 걸 확인하자마자 나는 잽싸게 둘을 앞질렀다. 두 사람이 동시에 소리를 질렀다. 낚시터로 나오는 길목까지 와서 뒷사람들에게 한마디 해 주었다.

"아줌마, 이 산에 사는 여우는 여자애만 잡아먹어요. 잘 좀 보세요, 옆에 있는 게 딸인지 여우인지."

깍꺅, 엄마야! 비명이 나를 따라왔다.

4

TV를 보고 있는데 8번 좌대 아줌마가 짐 가방을 들고 가게로 들어왔다. 낚시터에 남아 있던 마지막 손님이었다.

"방 하나 얻을 수 있을까요?"

도대체 아줌마 정체가 뭘까? 단골인 줄 알았는데 아니었다. 가게 사정을 전혀 몰랐다.

엄마가 심드렁하게 답했다.

"우린 좌대 숙박밖에 안 해요."

"딸이 종일 물을 봐서 멀미가 난다네요. 좌대에서는 못 자겠다고 해서요."

엄마는 그제야 드라마에서 눈을 떼더니 슬리퍼를 꿰고 가게로 나갔다.

"시내로 나가셔야 하는데, 택시 불러 드려요?"

"내일도 좌대로 나갈 거거든요. 아무 방이나 하나 부탁해요."

축축 처지는 아줌마 말투에서 지친 티가 났다. 문밖에는 점퍼 모자를 뒤집어쓴 채 잔뜩 움츠리고 서 있는 여자애가 보였다.

장부를 들여다보던 아빠가 일어났다.

"내일도 낚시하시게? 남중아, 네 방 치워라."

엄마는 아빠 말을 기다렸다는 듯 빨아 놓은 걸레를 나에게 던졌다. 아빠가 아줌마 손에서 어망을 받아 들었다. 이럴 땐 둘이 손발이 척척 맞았다.

"여기가 민박집이야? 왜 모르는 사람을 재워? 아무나 막 들이고 그러면 안 돼."

엄마가 내게 눈을 흘기더니 가게 뒤로 돌아가며 아줌마에게 따라오라고 했다.

"아들이 쓰던 방이라 냄새날 텐데."

뭔 냄새가 난다고, 내가 짐승이야? 나는 창문을 열고 마당 너머에 있는 내 방을 보았다. 엄마가 방문을 열자마자 아줌마와 여자애는 조금의 망설임도 없이 신발을 벗고 들어갔다. 모녀가 까다롭게 보였는데 그것도 아닌가 보다. 차라리 잠을 못 잘 정도로 방에서 냄새가 진동했으면 좋겠다.

잠시 후 엄마는 베개를, 아빠는 내가 쓰던 이불을 가져다 놓고 창고 방에서 새 베개와 이불을 내어 갔다. 수상 좌대를 위해 준비해 둔 이불과 베개는 얼마든지 있었다. 아빠가 놓고 간 이불에 코를 대어 보았다. 아무 냄새도 안 났다.

"엄마, 이건 아니잖아. 난 어디서 자?"

"여기서 자. TV 실컷 보고 자면 되잖아."

엄마는 훌쩍 지나가 버린 드라마 내용을 꿰어 맞추려고 TV 앞으로 바짝 다가가 앉았다.

내 방에 여자가 있다고 생각하니 이상했다. 마구잡이로 쑤셔 넣어 둔 서랍을 열어 보지는 않을까, 벗어 놓은 양말과 갈아입은 팬티는 치웠던가, 벽에 걸린 촌스러운 초딩 졸업 사진도 있는데……. 신경 쓰이는 게 한두 가지가 아니다.

"엄마, 방 치웠어?"

"그럼, 싸악 닦아 주고 왔지. 돈 받고 내주는 건데 기본은 해야지."

"체, 나한테도 기본 좀 해 줘 봐. 내 방인데 왜 엄마 마음대로……."

"아휴, 조용히 해."

엄마는 드라마가 끝날까 봐 안달이다.

아빠는 마당 수돗가에서 아줌마가 내어 준 물고기를 손질하고 있다. 오랜만에 손님에게 매운탕 솜씨를 뽐낼 생각에 신이 났다. 아빠가 아줌마 말 상대를 하는 것을 보고 창문을 닫았다.

뽀송하기만 한 내 이불을 끌어안고 벌러덩 누웠다. 여기서 자면 내일도 늦잠 자기는 글렀다. 어차피 일찍 일어날 거니까 영화나 보러 갈까? 나는 휴대폰을 찾았다. 부모님 눈총으로 집에 있기 괴로울 툰광과 성태를 구해 줄 기회였다.

방을 아무리 뒤져도 휴대폰이 없다. 전화를 걸어도 벨소리가 들리지 않았다. 아빠와 아줌마가 가게로 자리를 옮겨 온 것을 보고 방으로 휴대폰을 찾으러 가기로 했다. 간 김에 내 물건은 만지지 말아 달라고 당부도 해야겠다.

노크를 하고 휴대폰을 가지러 왔다고 말했다. 대답이 없다. 다시 노크를 했지만 방 안이 조용하다. 살그머니 문을 열었다.

"쏘리, 휴대폰 찾으러."

내 책상에 앉아 있던 여자애가 후다닥 뭔가를 손으로 가렸다. 앉아 있는 폼이 자기 방인 것마냥 아주 자연스럽다. 나는 성큼 방으로 들어갔다. 내 방인데 못 들어갈 것도 없다. 휴대폰을 챙겨 나가려다 여자애가 손으로 가린 종이를 슬쩍 훔쳐보았다. 한 글자도 안 보였다. 나는 괜히 두리번거리며 코를 킁킁거렸다. 낯선 냄새가 났다. 성태는 여자애들에게는 말로 도저히 표현 안 되는 프레시한 냄새가 난다고 했다. 이게 바로 프레시향인가?

나가려는데 여자애가 물었다.

"잠깐만. 혹시 이 방 주인? 혼자 쓰는 방?"

나는 고개를 끄덕였다.

"이 방 주인이라고? 그, 그쪽이?"

여자애가 말을 더듬었다. 아저씨도 오빠도 아닌, 이젠 '그쪽'이란다.

"응, 내 방이야. 그러니 함부로 만지……."

여자애가 나를 밀어내고 문을 쾅 닫아 버린다. 방 주인인 걸 확인하고 내쫓는 심보는 뭐람? 하여간 이상하다.

가게로 나가는데 찝찝하다. 뭔가 내 뒤통수를 잡아끈다. 귀에 거슬리는 '그쪽'도 아니고, 낯설지만 좋은 프레시향도 아니고, 긴 머리를 묶어서 드러나 있던 하얀 목덜미도 아니다. 불이 켜진 창문을 노려보았다. 뭔가가 내 신경을 건드렸다. 내 방에, 내 의자에, 책상에……, 앗! 종이. 그건 편지지였다.

나는 다시 노크를 했다. 여전히 대답이 없다. 문을 확 열어젖혔다. 여자애가 딱딱하게 굳은 얼굴로 날 노려봤다. 섬뜩했다.

"아, 저어, 그게, 충전기 좀 줘."

여자애가 의자를 밀치고 발딱 일어나 콘센트에 꽂혀 있는 충전기를 빼서 문 쪽으로 휙 밀었다. 한 마디만 더 하면 달려들어 물어뜯을 기세다.

나는 방문 앞에 쭈그려 앉았다. 편지지가 맞다. 내 것은 아니다. 하우가 주운 봉지에 들어 있던 편지지 생각이 났다. 짧은 노끈도 떠올랐다. 집에서 쓸 거라면 그렇게까지 짧게 사지는 않았을 거다. 다시 들어가서 노끈도 가지고 있는지 뒤져 보고 싶다. 입을 꾹 다물고 날 보던 그 표정, 화가 난 것 같기도 하고 심각한 것 같기도 한……. 고약하다. 수상하다.

매운탕 냄비를 앞에 놓고 아줌마와 엄마, 아빠가 마주 앉아 있다. 아줌마는 종일 참았다는 듯 말을 많이 했다.

"저랑 엄청 울었어요. 그런 줄도 모르고 한동안 야단만 쳤으니까요. 달래는 건 한계가 있더라고요. 그건 사랑도 우정도 아무것도 아니라고 말해 봤자 무슨 소용 있어요. 그게 무엇이었건 없는 일이 될 수는 없잖아요. 우리도 그런 감정들 겪었잖아요. 두 분도 결혼 전에 연애 한두 번은 하셨죠?"

"그럼요, 학교 다닐 때 집 앞 골목에서 기다리는 남자들이 좀 많았게요."

엄마가 엄마답지 않게 수줍어한다.

"그게, 막 둘이 좋아하려다 뚝 갈라지면 더 애틋하잖아요. 그래서 제가 물었어요. 둘이서 뭐가 가장 하고 싶었냐고요. 내가 할 수 있는 거면 다 해 주겠다고. 그랬더니 친구가 겨울 산 이야기를 한 적이 있대요. 단풍이 남아 있는 초겨울에 같이 가 주면 좋겠다고 부탁했대요. 은근히 감성적인 친구였나 봐요. 그러다가 어제 갑자기 집에 낚시 도구가 있냐고 묻잖아요. 애 아빠가 전에 있던 직장에서 낚시를 다녔거든요."

연애 이야기인 것 같았는데 낚시 이야기로 옮겨 갔다. 요지가 뭔지 도통 감을 못 잡겠다. 아빠는 한 마디도 끼지 못하는 엄마들끼리의 수다였다. 나는 아줌마 말이 끊긴 사이에 끼어들었다.

"아줌마, 학생은 저녁 안 먹어요?"

아빠가 방해하지 말라고 손사래를 쳤다.

"학생은 비린 거 싫어한대. 남중인 그만 들어가."

나는 하우에게 문자를 보냈다. 내 방에 여학생이 있는데 편지를 쓰고 있다고 했다. 프레시향을 마구 풍기는데 표정은 심각하다고 덧붙였다. 하우는 내 추측이 말도 안 된다며 비웃었다.

잠이 오지 않는다. 아빠가 들어와 코를 골기 시작한 지 벌써 한 시간도 더 지났다. 엄마는 그릇을 치우고 있었다. 갑자기 여자애 목소리가 앙칼지게 울렸다. 나는 다시 마당으로 난 창문을 열었다. 큰 소리가 오갔다.

"싫어, 내가 다 알아서 해. 자꾸 이러면 나 혼자 가 버릴 거야."

겨우 하나 알아들은 말이었다.

나는 곧장 하우에게 전화를 했다. 한가하게 문자를 두드릴 시간이 없다.

"나를 오빠~, 라고 야릇하게 부를 때부터 알아봤어야 했어. 아침에 통통튀다가길도없는어두운숲속에혼자들어가지않나나한테막화내고그러고보니윗못에대해서도물었다니까혼자가버린다는게무슨뜻이냐?"

숨도 안 쉬고 말했는데 하우는 느긋하게 여유를 부린다.

"어뜨케, 프레시향이 날아가지 않게 네가 잘 지켜야 한다……. 뭐 이거냐?"

"아니 뭐, 꼭 그런 건 아니지만. 혹시 우울증 같은 거면 위험하잖아. 신경 쓰이게 왜 내 방에 와서 이러냐고!"

"좌대에서 자는 것보다 훨씬 낫지, 뭘 그래? 좌대에서 자다가 욱해서 풍덩 뛰어…….”

“야! 시끼가 뭐라는 거야?”

소리를 지르자 하우가 프레시향이나 잘 지키라며 전화를 끊어 버렸다. 나는 이불에다 욕을 퍼부었다.

5

겁보가 짖어 댔다. 분명 꼿꼿이 앉아서 눈을 부릅뜨고 있었는데 언제 베개까지 베고 잠이 들었는지 모르겠다. 나는 화들짝 놀라 가게로 나가 유리문 밖을 내다보았다. 미친 듯이 짖는 겁보만 희미하게 보일 뿐 사방이 깜깜했다. 저수지를 한 바퀴 훑어보다가 깜짝 놀랐다. 언제 왔는지 시커먼 덩어리가 겁보 앞에 앉아 있었다. 겁보 꼬리가 떨어질 듯 흔들린다. 역시 프레시향이었다.

휴대폰 시계를 보니 다섯 시다. 어떻게 해야 좋을지 몰라 가게 안을 왔다 갔다 했다. 나가서 아는 체를 하면 또 앙칼지게 쏘아붙일 거다. 아빠를 깨울까 하다가 좋은 생각이 났다.

나는 단자를 열고 저수지 가로등 스위치 하나를 올렸다. 귀퉁이에 있는 가로등이 떠지지 않는 눈꺼풀을 밀어 올리듯 몇 번이나 깜빡이다가 불을 밝혔다. 가게 문을 열고 나가 기지개를 켰다. 일찍 일어난 부지런한 청년 이미지로 자연스럽게 말을 걸 계획이었다. 슬며시 고개를 돌렸는데 겁보만 있다. 겁보 시선이 집 뒤로 가 있다. 시커먼 덩어리가 집 뒤로 사라지는 게 보였다.

"돌았냐? 한밤중에. 혹시……, 프레시항 일냈어?"

한참 만에 전화를 받은 하우가 버럭 화를 내다가 상황을 알아채고 심각하게 물었다. 나는 일단 무조건 날아오라고 속삭였다.

길까지 나가 초초하게 기다렸다. 어둠 속에서 나타난 건 엉뚱하게도 성태였다.

"뭐야, 아무도 안 왔어? 난 다리에 쥐가 나도록 달렸는데?"

가장 멀리 사는 성태는 어젯밤에 호들갑을 떠는 하우 전화에 옷까지 다 입고 잤다고 했다.

"너, 이번에 충격 받으면 완전히 여기 뜰 거라고 하더라."

"누가? 하우가?"

셋이서 과실주를 마시며 나를 엄청 씹었나 보다.

이어서 튠광과 하우도 도착했다. 하우는 주운 검은 봉지까지 챙겨왔다.

"이건 뭐 하러?"

"증거물."

마음이 급했다. 해도 뜨지 않는 추운 새벽에 여자애 혼자 산으로 올라갔다는 것에 도저히 건전한 상상을 할 수가 없다. 더구나 배고픈 걸 못 참는다는 애가 밥까지 굶으며 뭔가를 썼다. 아줌마와도 싸웠다.

"너답지 않게 왜 이래? 정신 차려, 인마."

툰광은 자전거 페달에 발을 올려놓지 못하고 허둥대는 내 등을 툭 쳤다.

우리는 집 뒷담을 돌아 과수원이 있는 길로 올라갔다.

"이쪽으로 간 거 확실하냐?"

"어제 들어간 숲으로는 안 갔어. 그리로 가려면 가게 앞을 지나야 하는데, 내가 계속 그 앞에 있었잖아. 그리고 어제 윗못에 아직도 물이 많냐고 물었다니까."

성태와 하우도 우리 집으로 오는 길에 여자애를 못 만났다. 시내로 통하는 삼거리로도 가지 않았다는 뜻이다. 그렇다면 집에서 이어진 길은 이 길밖에 없다.

트럭이나 농기계가 지나다니는 길은 비포장 흙길에 오르막이었다. 자전거 바퀴가 자꾸만 튀었다. 급한 대로 가게 의자에 걸쳐 있던 아빠의 털 점퍼를 입고 오긴 했지만 무척 추웠다. 프레시향도 어둡고 추워서 멀리까지 못 갔을 거다.

"프레시향, 몇 학년이야? 학교는?"

"시끼, 지금 그게 중요하냐? 사람이 죽느냐 사느냐 하는 문젠데."

성태 말에 나도 모르게 화를 냈다.

하우가 내 눈치를 보며 말했다.

"어뜨케. 앞장서든가."

집도 없고 가로등도 없는 좁은 길로 들어섰다. 낚시터 불빛이 미치지 못하는 곳까지 오자 다들 바짝 붙었다. 하늘에 별이 또렷이 보였다. 날이 밝으려면 한참을 더 기다려야 한다. 성태 자전거와 내 자전거에 달린 라이트를 켰다. 불빛을 받은 앙상한 나무들이 죄다 짐승의 뼈다귀로 보였다. 자전거가 핸들을 틀 때마다 스산한 풍경이 유령처럼 나타났다가 사라졌다. 바람까지 불었다. 속도가 안 나는 오르막인데도 하우는 천천히 가라고 다그쳤다.

"안 되겠다. 겁보라도 데리고 오자."

누군가 말에 모두들 기다렸다는 듯이 자전거를 돌렸다. 우리는 다시 가게로 돌아와서 자전거는 두고 겁보를 개집에서 끌어냈다. 비포장 오르막길에 자전거는 왜 가져가려고 했는지 모르겠다. 그래도 성태는 자전거를 타고 가겠다고 했다. 겁보는 좋아라 꼬리를 흔들며 따라오다가, 불이 켜진 낚시터가 아닌 깜깜한 곳으로 길을 잡자 버티기 시작했다. 나는 목줄을 바짝 당겼다.

"겁보, 괜찮아. 아무거나 보이면 막 짖어. 알았지?"

"어뜨케, 이런 겁쟁이가 가게는 잘 지키냐? 누가 누굴 지키는지 모르겠다."

성태가 앞장서고 나는 겁보를 끄느라 점점 더 뒤로 처졌다. 겁보는 낑낑대며 마지못해 따라왔다. 우리는 휴대폰 플래시를 켰다. 구불구불 이어진 길 양쪽으로는 사과나무가 있는 과수원이다. 옆에 사람이 웅크리고 있어도 모르고 지나칠 정도로 온통 먹빛이다. 프레시향이 억지로 철망을 뚫고 과수원 안으로 들어갔다면 찾을 길이 막막했다. 겁보에게 냄새를 맡으라고 목줄을 길게 늘여 주었더니 오히려 뒤로 달아나려 했다.

튼광이 누구에게랄 것도 없이 물었다.

"그 일 있고 나서 여기 온 적 있어?"

모두 고개를 저었다.

성태는 안장에서 일어나 엉덩이를 좌우로 흔들며 천천히 페달을 밟았다.

"오성태, 힘드냐?"

"별로."

병규도 이 길로 자전거를 끌고 갔다. 우리는 병규가 마지막인지도 모르고 걸었을 길을 가고 있다. 아무도 병규가 과수원 너머에 있는 숲으로 들어가는 걸 보지 못했다. 그것만 알았어도 병규를 더 빨리 찾았을 것이다. 병규는 덥고 습한 날씨에 길도 안 좋은 오르막을 자전거까지 가지고서 왜 올랐을까? 사고가 난 후 그 이유가 가장 궁금했다. 아무리 생각해도 모를 일이었다.

그동안 나는 윗못이 있는 과수원 쪽은 쳐다보지도 않았다. 이 길은 내겐 두려움이다. 감당하지 못할 감정들이 밀어닥칠까 봐 겁이 났다. 병규가 허우적거리며 땅을 디디려고 안간힘을 쓸 때 나는 선풍기 앞에 누워 뒹굴었다. 그 사실만으로도 견디기 힘들었다.

"병규가 축구를 많이 해서 다리 힘이 좋잖아. 이 정도 오르막이면

식은 죽 먹기였을 거야."

튼광이 코를 킁킁거렸다. 다들 내 눈치를 보고 있었다.

과수원이 끝나고 숲이 이어졌다. 굽은 산길을 돌아가면 윗못으로 가는 오솔길이 나온다. 성태는 과수원 끝자락에 자전거를 세웠다.

얼굴은 감각이 없을 정도로 얼었는데 겁보와 씨름하느라 몸에서는 땀이 났다.

"어뜨케, 프레시향은 왜 하필 윗못이야? 으스스하다."

"뭐가 으스스하냐? 친구가 있던 곳인데. 무조건 병규가 우릴 지켜준다."

성태가 구호를 외치듯 주먹을 불끈 쥐었다.

성태 말이 맞다. 병규 옷자락에 쓸리던 풀들이고, 병규가 밟고 간 흙길이었다. 그러나 나는 하우와는 또 다른 이유로 이 길이 내키지 않았다.

병규 장례를 치르던 날, 나는 종일 잠을 잤다. 장례식장에도 학교에도 가지 않았다. 엄마가 몇 번이나 방을 들여다본다는 걸 어렴풋이 알았지만 잠이 쏟아져서 도저히 일어날 수가 없었다. 밤이 되어서야 가게로 나가 밥을 먹었다. 밥을 꾸역꾸역 밀어 넣으며 내가 겁보와 다를 게 없는 겁쟁이라는 것을 깨달았다. 나는 사람들이 무서웠다. 병규와 마지막까지 함께 있었던 나를 쳐다보는 호기심 가득한 눈빛을 감당할 수 없었다.

여름 방학을 하던 날, 병규를 보러 납골당에 갔다. 유리벽 안쪽 작은 유골함에 병규가 있다는 게 도저히 믿기지 않았다. 사진 속 병규는 나를 향해 웃고 있었지만, 나는 병규를 노려보기만 했다.

그날, 집으로 가지 않았다. 시내로 가서 처음으로 자정에 시작하는 심야 영화를 봤다. 병규가 보고 싶어 하던 공포 영화였다. 새벽 두 시에 영화관을 나와서 불 꺼진 거리를 쏘다니다가 기차역 앞 24시간 문을 여는 패스트푸드 가게에서 쪽잠을 잤다. 깨어났을 때는 날이 환하게 밝아 있었다. 나는 가진 돈을 털어 서울행 열차표를 사서 정호 형에게 갔다.

정호 형은 갑자기 찾아온 나에게 어떻게 된 거냐고 묻지 않았다. 병규 소식을 이미 알고 있었는지도 모른다. 그러나 다른 사람들처럼 그날 병규와 무슨 일이 있었냐고 다그치지 않았다. 그렇다고 이해하는 척 위로를 하는 것도 아니었다. 그래서인지 아무에게도 말하지 못해서 가슴에 뭉쳐 있던 그날 일을 털어놓을 수 있었다.

병규가 나를 찾아온 날, 자전거를 돌리던 녀석이 같이 시내에 가자고 했다. 나는 두 번 생각지도 않고 거절했다.

병규가 가게로 들어가는 문을 막고 졸랐다.

"팥빙수 먹고 게임하자. 시내에서 살 것도 있어."

"거기까지 언제 갔다 오냐? 담에 갈게."

찐득하게 달라붙는 공기 때문에 빨리 씻고 싶은 마음뿐이었다. 갈 때는 둘이어도 돌아올 땐 혼자서 열나게 자전거를 밟아 댈 걸 생각하니 더 끔찍했다.

"다음에 언제, 나 없을 때? 짜샤, 내가 매번 왔잖아. 우리 집에도 한 번 와라."

"안 간다니까, 시끼야."

나는 더위만큼 끈덕진 병규를 털어 냈다. 에어컨이 있는 가게에 들어오니 살 것 같았다. 우리 사이에 잘 가라거나, 다음에 보자는 인사 따위는 필요 없었다. 내일이면 학교 어딘가에서 마주칠 녀석이었다. 그때 병규 표정이 어땠는지는 기억나지 않는다. 쉬운 부탁도 안 들어주는 치사한 놈이라고 생각했을 것이다.

병규가 죽은 후 불안한 생각이 끝도 없이 이어졌다. 혹시 나에게 할 말이 있었던 건 아닌지, 홧김에 윗못으로 올라간 건 아닌지, 왜 하필 자신이 없을 때라는 말을 했는지.

같이 갈걸, 가서 병규가 사고 싶어 하던 것을 골라 줄걸, 팥빙수도 먹고 게임도 할걸. 그까짓 게 무어라고, 열 번 백 번도 할 수 있는 것들이 이렇게 간절해질 줄은 미처 몰랐다. 그날 병규를 따라나섰더라면 지금쯤 학교에서, 시내에서, 또 낚시터 파라솔 아래에서 병규와 농담을 주고받고 있을 거다. 그날을 곱씹을수록 후회만 쌓였다.

누군가 이 사실을 알았더라면 의리도 없는 놈이라고, 친구도 아니라고 손가락질을 했을 것이다. 나를 찾아온 병규 아버지에게 털어놓을까 생각해 보았지만 두려웠다. 아저씨가 나를 평생 원망하고 미워할 것 같았다.

정호 형은 내 이야기를 듣고 딱 한 가지만 충고해 주었다.

"지금 주어진 현실만 생각해."

나에게 주어진 현실은 '병규가 분명 사고로 죽었고, 나는 살아갈 시간이 남았다'는 거라고 했다. 병규에게 미안하다면 병규를 잊지 않으면 된다고. 갚아야 할 빚이 남았다고 생각한다면 병규 몫까지 열심히 살라고 했다. 하지만 자신을 해칠 만큼 애쓰지는 말라고.

나는 정호 형 앞에서 울었다. 담담하게 조언을 해 주는 형 덕분에 학교에서도 집에서도 나오지 않던 묵은 울음들이 꾸역꾸역 밀려 나왔다. 정호 형은 나를 달래지 않았다. 그냥 울도록 내버려 두더니 나를 두고 밖으로 나가 버렸다. 덩치 큰 놈이 우니까 대책이 없다고 했다. 그때 울다가 지친다는 게 어떤 것인지 알았다.

어제까지 함께 놀던 친구가 한순간에 사라졌다는 건, 아무리 오랜 시간을 기다려도 다시 돌아올 수 없다는 건 무엇으로도 뚫을 수 없는 막막함이었다. 할 수만 있다면 시간의 막을 찢어서 과거에 갇혀 있는 병규를 빼내 오고 싶었다. 그러나 죽음이란, 모든 시도가 종료된 게임 오버. 다시는 병규라는 실체를 마주할 수 없다.

겨울이 코앞인 지금에서야, 우리는 병규가 지나간 여름을 오르고 있다.

나를 힐끔거리던 하우가 침묵을 깼다.

"어뜨케, 할아버지한테 마을 회관 가서 방송하라고 할까?"

"죽으러 가는 애를 우리 넷이서 어떻게 막냐?"

툰광이 하우 편을 들었다.

나는 병규 생각을 저만치 밀어 놓고 녀석들에게 프레시향의 실체를 들려주었다.

"그게 헷갈린다고. 어제 아침만 해도 정말 상큼 발랄했거든. 물고기 많이 잡겠다는 의지도 있었고. 그런데 점점 저기압이 되더니 밤엔 얼굴이 딱딱하게 굳어 있는 가면 같았어. 내 책상에 앉아 고개를 획 돌리는데, 그 표정이 와, 씨, 장난 아니야. 그러고는 아줌마한테 대들기까지 하더라니까."

"어뜨케, 죽을 사람이 뭐 하러 싸워?"

"시끼야, 뭐가 먼저인지 어떻게 알아. 마음 딱 굳히고 떠나기 전에 속에 담고 있던 걸 마구 퍼부어 댔는지, 마음이 갈팡질팡한데 아줌마가 불을 확 질렀는지. 하여간 확실한 건 프레시향이 어젯밤에 편지를 썼다는 거, 꼭두새벽에 윗못으로 갔다는 거야. 넌 할아버지한테 뭐라고 할 거야? 마을 회관 마이크에다 뭐라고 할 거냐고? '낚시터에서 프레시향이 사라졌습니다. 동네 사람들, 찾으러 갑시다?' 그러다 아무 일도 안 일어나면 우리 집은 동네에서 완전히 찍혀. 하긴, 일이 벌어지면 더 큰일인데."

도대체 내가 무슨 말을 하는지도 모르겠다. 병규 생각과 프레시향 걱정이 뒤엉켜서 심장만 벌렁거렸다.

윗못으로 가는 오솔길로 접어들었다. 발밑은 서리를 맞은 낙엽들로 축축했다. 시린 바람에서 마른 풀 냄새가 났다. 어둠이 조금씩 물러나고 있었다. 겁보도 무서운 게 덜한지 풀숲으로 들어가려고 낑낑거렸다. 내가 목줄을 풀어 주자 순식간에 풀 더미 속으로 뛰어갔다. 안으로 들어갈수록 키 큰 마른 풀이 많아지더니 길이 사라졌다. 우리는 나뭇가지를 하나씩 주워 들고 다리에 감기는 풀을 쳐 가며 한 줄로 걸었다. 말라 버린 풀에서 서리가 하얗게 떨어졌다. 이상하게도 차가운 고요함이 불안한 마음을 눌러 주었다.

사방에 영역 표시를 하느라 분주하던 겁보가 짖기 시작했다. 이제야 제 역할을 하는 겁보 소리가 반가웠다. 풀을 헤치며 다가가는데 겁보는 오히려 반대편으로 뛰어간다. 꼴을 보니 달아나는 거다. 겁보가 숨이 넘어갈 듯 짖어 댔다. 뭔가 움직였다.

"잠깐! 멈춰!"

성태 말에 우리는 얼음이 되었다. 겨울이면 멧돼지가 먹이를 찾으러 과수원까지 내려올 때가 있었다. 겁보가 점점 흥분했다. 성태가 돌멩이를 주워 풀숲으로 던졌다. 순간 푸다닥 뭔가 뛰쳐나왔다. 우린 소리를 지르며 달아났다. 겁보가 겅중겅중 뛰어올랐다. 꿩이었다. 뛰쳐나온 꿩도 당황스러운지 쫑쫑거리며 다시 풀숲으로 몸을 숨겼다.

녀석들이 낄낄거렸다. 가장 먼저 도망간 겁쟁이가 누구냐며 놀려 댔다.

"니들 너무 신난 거 아니야? 걱정은 안 해?"

놀러 나온 것마냥 들떠 있는 녀석들에게 쏘아붙였다.

성태가 휴대폰 불빛을 내 얼굴에 쏘았다.

"신나긴? 우리가 프레시향 보고 싶어서 새벽에 모였냐? 하우가 엄청 걱정해서 잠도 못 자고 튀어 온 거잖아."

"맞아. 하우가 네 이야기만 안 했어도 아빠 것엔 손 안 댔어. 나, 어제 아빠한테 박살 났어. 하필 내가 가져간 게 절벽에서만 딸 수 있는 귀한 열매로 담근 술이래. 네가 아직도 병규 일로 마음을 못 잡는다고 해서 우리가 위로해 줄 겸 모인 건데."

핑계는? 나도 없는 자리에서 저희끼리 누굴 위로했다는 거야.

"병규는 하필 내가 집에 없는 날 왔냐?"

툰광이 말끝이 시무룩하다. 성태도 하우도 '나도.' 했다. 병규가 우리 동네에 온 날, 나를 빼고 다들 집에 없었다는 걸 이제야 알았다.

"내가 집에 있었으면 윗못에는 안 갔을걸."

친구들도 나처럼 병규에게 진 빚을 헤아리고 있는 것 같았다.

"하여간 우리도 네 맘을 안다, 이거지. 프레시향 걱정도 되고."

성태 말에 녀석들이 또 짠 듯이 '맞아, 맞아.' 했다.

"어뜨케, 윗못까지 갔다가 없으면 무조건 할아버지한테 전화할 거야."

나는 하우 말에 고개를 끄덕였다. 다리도 무겁고 목도 말랐다. 손과 발은 감각이 없다.

"쉿, 조용히 해 봐."

툰광이 말에 우리는 걸음을 멈췄다.

처음엔 아무 소리도 들리지 않았다. 잠시 후 바스락거리는 소리와 함께 쉬쉬 같기도 하고 헉헉 같기도 한 소리가 들렸다. 그러다 무언가를 툭툭 치며 흥얼거리는 소리가 났다. 겁보는 아니었다.

"사람이지?"

내 말에 셋이서 고개를 주억거렸다. 바람 소리 때문에 어디쯤에서 나는지 알 수 없었다. 그러다 풀숲 너머에서 희미한 불빛이 움직였다. 성태가 앞장서 뛰어가고 우리는 뒤를 따랐다. 나는 꼴찌로 뒤처졌다. 나무가 자꾸만 친구들을 가렸다. 그러다 훌쩍 뛰어나온 겁보를 보고 우리는 동시에 비명을 질렀다.

그러나 우리 것보다 더 높은 비명이 들렸다.

"아악, 깜짝이야."

키 큰 풀 사이로 프레시향이 나동그라져 있다. 프레시향은 귀를 막고 있던 헤드폰을 벗었다.

"야, 갑자기 뭐야?"

갑자기 나타난 건 우리가 아니라 그쪽이었다.

"프레시향이세요?"

맨 앞에 있는 성태가 물었다.

"어뜨케, 귀신은 아니죠?"

하우가 나뭇가지로 프레시향을 찔러 보는 시늉을 했다.

프레시향이 양팔을 벌려 멀쩡한 사람이라는 것을 알렸다. 멀쩡한 사람은 헤드폰 말고도 무릎까지 내려오는 패딩 점퍼에 털장갑을 끼고 손전등과 등산용 스틱, 목에는 꽤 비싸 보이는 카메라까지 걸고 있다. 허술한 차림으로 급하게 올라온 우리와는 너무 달랐다.

성태는 나에게 말을 걸어 보라고 눈짓을 보냈다.

"여기서 뭐 해? 이런 데 혼자 오면 안 돼."

프레시향이 피식 웃더니 팔짱을 꼈다.

나는 아이들을 돌아보았다. '봐, 이런 식이야, 감정이 오르락내리락 멋대로야.' 들릴 듯 말듯 속삭인 말에 친구들이 고개를 끄덕였다.

"넌 입만 열면 그 소리니? 여기 오면 왜 안 되는데?"

아저씨에서 오빠로, 그쪽이었다가 이젠 아예 너란다. 이러면 내가 아이들에게 거짓말을 한 꼴이 된다.

"너라니? 너라니!"

목소리에 제법 무게를 실었다고 생각했는데, 프레시향이 엉덩이를 털며 빈정거렸다.

"그럼 너지? 중딩 주제에 대학생이라고 뻥을 치고, 언다 대고 반말이야?"

나는 뜨끔했다.

"뻥은 무슨? 내 입으로 중딩 아니라고 말한 적 없거든……요."

어떻게 알았을까? 어젯밤 엄마가 아줌마와 매운탕을 먹으며 내 이야기를 했는지도 모른다.

"야, 교과서 꼴이 말이 아니더라. 앞표지는 다 떨어져 나가고 귀퉁이는 물에 젖어 퉁퉁 불어서는. 너, 공부는 하냐?"

이제야 알겠다. 여자애는 어제 내 방에서 잤다. 내 것들이 고스란히 있는 방에서.

"뭔 상관인데요? 한 달만 버티면 중딩도 땡이거든요. 그리고 중딩한테는 반말해도 돼요?"

"반말은 네가 먼저 했잖아."

"먼저 오빠라고 불렀잖아……요."

나는 눈을 부라렸다. 프레시향이 입을 삐죽거리더니 갑자기 웃기 시작했다. 웃겨 미치겠다고 배를 잡고 깔깔거린다.

"아무리 봐도 군대 갔다 온 아저씨 필이거든. 너, 필 좋아하잖아."

이건 지난여름 서울에서 만난 정호 형이 한 말과 같았다. 형은 나더러 군대 동기보다 더 나이 들어 보인다고 했다.

재수 없다. 밤새 맘 졸이고 잠 못 자고 걱정했던 걸 생각하면 억울하다. 그러나 나는 저 표정과 행동에 속지 않는다. 저러다가 갑자기 못으로 내달려 버리지나 않을까 불안하다.

"여긴 왜 왔어요?"

툰광이 물었다.

"올 만하니까 왔다, 왜? 여기 아무나 들어오면 안 돼?"

"이 새벽에 올 일이 뭔데요?"

"있어, 그런 게."

프레시향 표정이 누그러지더니 점점 입꼬리가 올라갔다. 뭔가 생각하는 눈치였다. 아마도 그 생각은 좋은 쪽인 것 같다. 암울한 생각을 품고 있는 사람의 것이라고 할 수 없는 밝은 미소였다. 무서운 결심을 한 사람이 만들어 낼 수 없는 밝음이 느껴졌다.

"너희는 뭐 하러 왔어? 우리 엄마가 보낸 건 아니지?"

모두가 나를 쳐다보았다. 나도 무슨 뜻인지 몰라 고개를 저었다.

"야, 얼어 죽기 전에 내려가자. 누구 한 명 때문에 잠도 못 자고 이게 뭐냐?"

프레시향은 내 말을 못 들은 척 윗못을 향해 걸었다. 스틱으로 키 큰 풀을 쳐내며 숲 안으로 들어갔다. 툰광이 나에게 주먹질을 했다. 셋은 프레시향을 따라갔다.

"내려가자니까……요. 힘들어서 더 못 간다고. 볼일은 낮에 보면 되잖아요."

이쯤에서 돌아서야 했다. 여기까지 온 것만으로도 충분했다. 윗못까지는, 병규가 마지막으로 섰던 자리까지는 절대로 가고 싶지 않았다.

"어뜨케, 혼자 가. 누가 너더러 따라오래?"

하우가 먼저 배신을 했다. 셋이서 쑥덕거리며 똘마니들처럼 프레시향 뒤를 졸졸 따랐다. 겁보도 프레시향 발치에서 열심히 꼬리를 돌렸다.

"새벽에 혼자 산에 오는 게 정상이냐? 속지 말라니까. 니들 정신 차려야 해."

프레시향이 나를 향해 스틱을 휘두르며 차갑게 쏘아붙였다.

"너! 시끄러워. 떠들 거면 방해하지 말고 가."

"이것 봐, 똘기가 장난 아니지 않냐?"

그러나 아무도 날 상대해 주지 않았다. 이젠 어둡지도 않고 무섭지도 않고, 무엇보다도 프레시향을 찾았다. 친구들에게 더 이상 내 말이 먹히지 않았다.

돌아섰다. 난 돌아간다. 셋이서 프레시향을 끌고 오든, 하우 할아버지에게 전화를 걸든 난 모르겠다. 웡못 가까이, 이만큼 온 것만으로도 내겐 너무 벅차다. 내 심장은 진작부터 떨고 있었다.

"가자! 겁보야."

겁보보다 녀석들이 먼저 뛰어와 나를 잡아끌었다. 성태가 버티는 내 등을 밀고, 둘이서 양쪽 팔을 잡았다.

"지금 가면 배신자다."

"겁보 동생이라고 할 거다."

"여기까지 왔는데 이러기야?"

나는 발버둥을 치다가 달아나기를 포기했다.

6

나무들 사이로 윗못이 보였다. 아니, 못이 보여야 하는데 사방이 뿌옇다. 안개가 앞을 가렸다. 겁보가 짖는 소리만 안개 너머에서 들렸다.

안개 속으로 쑥 들어왔다고 생각한 순간, 헉 숨이 막혔다. 윗못이 하얗다. 주변의 나무들과 발치에 있는 풀, 그리고 못 가운데 있는 풀섬까지 눈이 내린 것처럼 새하얗다. 발아래가 여전히 낙엽인 걸 보면 눈이 온 건 아니었다. 과수원을 지날 때부터 풀숲에 서리가 내린 걸 봤지만 그것과는 달랐다. 실가지 하나까지 색을 칠해 놓은 듯 하얘서 처음부터 그렇게 생겨 먹은 것 같다. 지난겨울 백화점 앞에서 본 크리스마스 장식이 생각났다.

서리꽃, 상고대였다. 습기와 바람과 추위가 만들어 낸 겨울 꽃이었다. 윗못은 신비로운 세상이 되어 있다. 희미한 새벽빛과 수면에 흐르는 안개가 서리꽃과 어우러졌다. 아무도 움직이지 않았다. 바람도 멈춘 듯 사방이 고요하다.

툰광이 처음으로 입을 열었다.

"와! 영화야, 뭐야? 뷰가 죽인다."

호들갑을 떨며 휴대폰을 들었던 툰광이 멈칫했다. 아무리 예뻐도 마냥 감탄하며 즐길 장소가 아니었다.

셔터 소리는 뒤에서 났다. 프레시향이 비싸 보이는 카메라로 사진을 찍는다. 하여간 매순간이 거슬리는 인간이다. 나는 속으로 욕을 퍼부었다.

'뭔 짓이야? 제정신이야? 미친 거지, 미친 거야. 왜 여기까지 와서 지랄을 떠냐.'

여기까지 온 나도 제정신이 아니었다.

"안개가 사라지는 것 좀 봐. 커튼이 한 자락씩 걷히는 것 같지 않니? 이 시간에만 볼 수 있대."

프레시향 말에 하우가 감탄을 했다.

"어뜨케, 표현도 프레시하다."

"예쁘다. 예쁜데, 맘껏 예뻐하지도 못하겠어. 그래도 예뻐. 너무 예뻐서……, 슬퍼."

프레시향이 말을 점점 흐리더니 감동이 넘치는지 울먹이며 끝맺는다.

일부러 프레시향 카메라 앞으로 지나갔다. 사진을 찍는다고 설쳐

대는 게 꼴사납다. 정말 울어야 할 사람은 나다. 홀린 듯 상고대에 넋을 빼고 있는 녀석들도 맘에 안 들었다.

조금씩 날이 밝아 왔다. 안개가 낮게 깔렸다. 어느새 윗못이 온전히 모습을 드러냈다. 나는 움찔 놀라 눈을 돌렸다. 이곳만은 오고 싶지 않았다. 보고 싶지도 않았다. 그러나 이 새벽에 아무런 준비 없이 갑자기 맞닥뜨려 버렸다.

나는 마음을 다잡고 윗못을 노려보았다. 벌을 받으러 온 것처럼 조마조마했다. 친구들이 말을 걸었지만 무시했다. 아무리 상고대가 예뻐도 나에겐 그저 병규가 죽은 곳일 뿐이었다.

제방은 타원을 그리다가 산으로 막힌 곳에서 끝이 났다. 그 너머로는 잡목 숲이 이어졌다. 바람을 탄 안개가 산을 타고 올라가다가 사라졌다.

어디쯤일까? 병규는 어디쯤에서 실수를 했을까? 나는 길 끝에 서서 제방을 한눈에 담았다. 어른들은 병규가 빗물에 미끄러진 자전거를 끌어올리려다가 못으로 굴러떨어졌을 거라고 추측했다. 주변에 있는 키 큰 풀들이 아래로 꺾인 흔적을 남겼다는 것이다. 그러나 이젠 그 풀들도 말라서 추위에 얼어 버렸겠지. 저기 어디쯤에서 마른 채로 하얀 상고대를 피우고 있겠지.

병규는 왜 윗못까지 올라왔을까? 사람들이 나에게 가장 많이 한 질문이다. 병규는 나에게 어떤 힌트도 주지 않았다. 병규를 알고 있던 사람들 누구도 그 궁금증에 답을 하지 못했다. 그쳤던 비가 다시 쏟아져서 서두르다가 사고가 났을까? 아니, 정말 사고였을까? 그날 내가 보았던 유쾌한 표정 뒤에 말 못 할 고민을 숨기고 있었던 건 아닐까? 또다시 근거도 없는 의문이 내 속을 갉아 댔다.

"어디일 것 같아?"

병규 흔적을 찾고 싶다. 작은 티끌이라도 병규 것이라면 가져가고 싶다.

"그냥 여기야."

하우가 말했다.

여기……, 여기다. 무서웠지, 외로웠지……. 올라오는 울음덩어리를 삼켰다. 목울대가 쿨렁 오르내렸다.

그때 안개 속에서 성태 목소리가 넘어왔다.

"병규야, 우리 왔다."

하우가 움찔 놀라는 나를 돌아보더니 손나팔을 만들어 외쳤다.

"잘 있지? 박병규."

잠시 후 툰광이 답을 했다.

"병규야, 보고 싶다."

하우가 나를 툭 쳤다. 내 차례다. 나는 눈을 부릅뜨고 못을 노려보았다. 상고대가 밝아 오는 햇살에 반짝였다. 미치도록 아름다운 풍경이었다. 하우가 재촉했다. 나는 입술을 꽉 물었다. 자꾸만 올라오는 덩어리를 꿀떡꿀떡 삼켰다.

"병규야, 어뜨케, 남중이도 왔어."

하우가 나를 대신했다.

윗못이 다시 조용해졌다. 건너편 친구들이 내 인사를 기다리고 있었다.

나는 숨을 들이마셨다. 찬 공기가 몸 안으로 들어왔다.

"병규야……."

그날 이후 처음으로 병규를 불러 본다.

팥빙수 먹으러 가지 않아서 미안해……. 같이 가지 않아서 미안해……. 못 간 게 아니라 안 가서 미안하다.

나는 숨을 더 크게 들이마시고 힘껏 뜨거운 것들을 뱉어 냈다.

"병규야, 내가 잘못했다! 내가 정말 미안하다."

"병규야!"

"병규야!"

우리는 번갈아 병규를 불렀다.

차마 소리 내어 말하지 못했던 이름이었다. 가슴속에 품고 있던 친구를 맘껏 불렀다. 윗못에 병규 이름이 꽉 찰 때까지 외치고 또 외쳤다.

"박병규! 잘 가라."

이제야 병규를 보낸다. 병규는 뒷모습이 안 보일 만큼 멀리 갔지만, 나는 계절이 바뀌고서야 배웅길에 섰다. 병규가 늦어 버린 내 서툰 배웅을 받아 줬으면 좋겠다.

산을 울린 소리가 안개를 따라 사라졌다. 얼어 있던 가슴에 물기가 돈다. 하우가 등을 두드려 주었다. 함께 있는 친구들이 고마웠다. 혼자였다면 도저히 윗못까지 오지 못했을 거다. 겁보가 신나게 뛰어다녔다.

그때 프레시향 목소리가 들렸다.

"병규야, 나도 왔어."

프레시향은 어느새 제방을 돌아 옆에 와 있었다.

우리는 모두 놀랐다.

"병규야, 상고대가 정말 예뻐. 난, 네 부탁 들어줬다. 상고대 보러 오자는 부탁 들어줬다고. 너도 내 부탁 들어줘야지. 딱 일주일만, 시간 달라고…… 했잖아. 일주일만 있다가…… 왔어야지. 왜, 왜 안 와!"

프레시향이 운다. 병규를 부르며 주저앉아 운다. 흐느끼는 소리에 정적이 흘렀다. 공기도 바람도, 우리도 놀랐다.

"뭔 일?"

뛰어온 툰광이 소곤거렸다.

"어뜨케, 누구? 병규 누나? 누나 없잖아."

나도 무지 슬픈데 누군지도 모르는 여자가 병규를 목 놓아 부르는 바람에 눈물이 쏙 들어가 버렸다. 달래야 하는 건지 그냥 둬야 하는 건지 몰라, 우리는 프레시향 옆에서 쭈뼛거리기만 했다.

나는 성태를 쿡 찔렀다. 우리 중 여자를 가장 잘 아는 건 성태였다.

"몰라! 아, 씨, 우는 건 어떡해야 하는지 나도 모른다고."

성태가 어쩔 줄 몰라 했다.

프레시향은 휴지를 꺼내 코를 풀어 가면서 흐느꼈다. 울음이 너무

긴 게 아닌지 걱정이 될 즈음 프레시향이 일어났다. 양손으로 눈물을 쓰윽 닦고 코를 들이마셨다. 얼굴이 얼어서 시뻘겠다.

드디어 프레시향이 입을 열었다.

"너희도 이런 거 처음 봐? 난 이거 보려고 잠도 안 잤어."

"이것 때문에 새벽에 산에 온 거예요? 그것도 혼자?"

화가 났다. 그것도 모르고 밤새 걱정했다. 억울했다. 억울한 것보다 더 미치겠는 건, 프레시향이 누구냐 하는 거다. 누가 나서서 물어 주면 좋겠는데, 녀석들은 나만 쳐다보고 있다.

"뭐가 혼자냐? 줄줄이 따라와 놓고선. 엄마가 아저씨에게 같이 가 달라고 부탁한대서 내가 엄마 몰래 빠져나오느라 얼마나 힘들었는데."

프레시향은 언제 울었냐는 듯 또 까칠하게 굴었다.

"누구세요? 병규, 어떻게 알아요?"

프레시향은 못 들은 척 또다시 사진을 찍기 시작했다. 우리가 쏘아보는 것을 알면서도 아주 천연덕스럽다. 안개가 모두 사라지고 윗못에 산 그림자가 비칠 때까지 제방을 오가며 셔터를 눌렀다.

"이제 가자."

프레시향이 큰일을 치른 듯 말했다.

나는 참지 못하고 폭발했다.

"누구냐니까요? 병규, 어떻게 아냐고요? 말 좀 하라고요. 아, 진짜! 미치겠네."

"난 너희가 누군지 다 알겠어."

콧물을 들이마시는 프레시향 목소리에 힘이 없다.

"병규가 같은 동네 살던 친구들 이야기도 해 주고, 낚시터 이야기도 해 줬는데, 너희에겐 내 이야기를 안 했나 보네. 그러면 뭐, 내 존재가, 그렇지 뭐. 아님 너희가 병규랑 안 친했거나."

"아니, 그러지 말고 말 좀 해 봐요. 어뜨케, 대충 말하면 우리가 아는 사람일 수도 있잖아요. 병규랑 나름 친했거든요. 누나가 너무 슬프게 우니까 우리가 괜히 미안하잖아요."

하우가 기어 들어가는 소리로 웅얼웅얼했다.

"나……, 병규 여친. 아니 여친이 될 수도 있었던 친구."

우리는 또 한 번 놀랐다. 믿어야 돼? 뭔 근거로?

프레시향은 제 말이 사실이라는 것을 증명하려는 듯 열심히 설명했다.

"학원에서 친해졌어. 병규는 다른 남자애들처럼 까불지 않았는데도 말은 잘했어. 어느 날, 내일부터 학원 옮긴다면서 대뜸 사귀자고 하더라. 그래서 솔직히 말했어. 나도 네가 좋다, 사귀다 찢어지면 친구 한 명 잃을 것 같아서 망설여진다, 시험 끝나고 답을 주겠다. 일주일만 기다려 달라고 했는데……."

"그럼, 혹시 그 유나? 누나가 유나예요?"

하우 말에 프레시향이 그제야 웃는다.

나도 생각이 났다. 병규가 좋아하는 여자애 이야기를 한 적이 있다. 언젠가 집으로 가는 길에 만난 병규가 '오늘 고백할 거야.'라며 수줍어했다. 그 애 이름이 유나였다. 어쩐지 어제 아줌마가 유나라고 할 때 낯설지 않더라니…….

"그랬는데, 연락이 없더라고. 통화도 안 되고. 내가 답을 미뤄서 그냥 그걸로 끝난 줄 알았어."

프레시향이 병규 소식을 들은 건 여름 방학이 끝난 후라고 했다. 병규에게 답을 해 줄 기회가 사라진 거였다. 그것 때문에 프레시향도 많이 힘들었다고 했다.

"엄마는 병규가 나에게 긍정적인 답을 들은 거나 마찬가지래. 그래서 좋은 마음으로 떠났을 거래."

프레시향이 숨을 한 번 골랐다. 병규에 관해 이야기하는 건 누구에게나 힘든 일이다.

"고백할 때 그랬거든. 어릴 적 살던 동네에 큰 저수지가 있는데, 상고대를 보러 가자고. 병규 소식 알고 나서 오늘만 기다렸어. 사실 지난번 낮에 두 번이나 혼자 여기 와 봤어. 새벽에 오려고 연습한 건데 오늘 너무 어두워서 숲에서 헤맸어. 그래도 사진 많이 찍어서 기분 좋아. 병규에게 이 사진들 꼭 보여 줄 거야."

말끝에 또 울음이 달린다.

하우가 물었다.

"그래서 답은 뭐예요? 사귀자, 오케이?"

"니들이 왜 알아야 하는데? 그리고 너!"

갑자기 프레시향이 나에게 손가락질을 했다.

"진작 네가 병규 친구라고 했어야지. 병규가 낚시광이라고만 했지, 아저씨같이 생겼다고는 말 안 해서 네 형인 줄 알았잖아."

어젯밤 내 방을 두고 주인이냐고 물었던 게 생각났다. 아줌마가 찾던 내 동생은 겁보가 아닌 바로 나였다.

그때 성태가 고개를 갸우뚱했다.

"병규가 좋아하는 애는 분명 같은 중 3이라고 했는데? 누나라고는 안 했지?"

"맞아, 다른 학교 중 3이라고 했어. 예쁘고! 귀엽고! 상큼한 유나라고. 아무래도 그 유나는 아닌 것 같지?"

녀석들이 나에게 닥치라고 했다.

프레시향이 고개를 뚝 떨어뜨리더니 발끝으로 흙을 팠다.

"그러니까 병규가 좋아했다는 애는 예쁘고 귀엽고 상큼한 다른 중학교 3학년 유나란 말이지?"

표정이 보이지 않았다. 또 우는 건 아니겠지? 프레시향이 팽 돌아서더니 앞장서서 길을 내려갔다. 녀석들이 나에게 주먹을 흔들었다.

나는 여전히 꼴찌가 되어 숲을 빠져나왔다. 오솔길이 끝나는 곳에서 뒤를 돌아보았다.

"야, 너! 그래도 맘에 안 들어. 까불지 마!"

"어뜨케, 누구?"

하우가 화들짝 놀랐다. 프레시향이 나를 노려보았다.

나는 웠못을 향해 발길질을 했다. 축축이 젖은 발치에서는 먼지 한 톨 날리지 않았다. 뒤늦게 내 뜻을 알고서 셋도 나를 따라 했다.

"그러지 마. 병규는 여기 좋아했단 말이야. 이 사진, 병규 보여 줄 거야."

웠못이 어떤 모습을 하고 있어도 나에겐 병규를 데려간 곳이다. 또 다시 이곳에 올 수 있을지 모르겠다. 한동안은 오고 싶은 마음이 생기지 않을 것 같다. 그래도 다시 오게 된다면, 그땐 병규가 좋아하는 시원한 캔 콜라를 가져오고 싶다.

조용하던 숲이 깨어난다. 어둠이 물러간 자리는 새들 차지가 되었다. 처음엔 한두 마리가 주고받는 맑은 지저귐이더니, 어느 순간 쉬는 시간 우리처럼 왁자지껄 시끄럽다.

성태가 뛰었다. 이어 하우와 툰광이 뛰고, 프레시향이 나를 한번 노려보고는 겁보랑 달려 내려갔다. 하는 수 없이 나도 달렸다. 모래주머니를 매단 것마냥 다리가 무거웠다. 프레시향이 병규 부탁을 잊지 않고 웠못까지 찾아온 건 고마운 일이다. 그러나 잠도 못 자고 마음 졸인 걸 생각하면 여전히 화가 치민다. 새벽부터 산을 오르느라 한 달 흘릴 땀을 다 쏟았다.

그래도 프레시향 덕분에 버거운 짐으로 남아 있던 숙제가 해결되었다. 고백을 하고 답을 기다리던 병규가 암울한 생각을 품었을 리 없다. 병규는 프레시향과 상고대를 볼 기대에 부풀어서 더위를 무릅쓰고 웠못에 올라온 것 같다. 그러나 프레시향에게 그대로 말해 줄 수는 없다. 프레시향은 병규가 평소에도 윗못을 자주 찾아오는 걸로 알고 있는 편이 나았다. 그동안 프레시향도 나만큼이나 무거운 바위를 가슴에 얹고 지냈을지도 모른다.

성태가 과수원 끝에 세워 둔 자전거에 올랐다.

"타세요. 병규 이야기 해 줄게요."

하우와 툰광이 우우우, 부러운 야유를 보냈다.

프레시향은 망설임도 없이 뒷자리에 달랑 올라탔다.

"잠깐만."

하우가 출발하려는 자전거를 잡더니, 성태 자전거에 걸려 있던 검은 봉지를 열어 보였다.

"혹시 이거 누나 거예요?"

프레시향은 모르는 거라고 했다.

성태가 페달을 밟았다. 프레시향이 성태 허리를 잡고 우리를 돌아보았다.

"내가 그 유나야. 예쁘고 귀엽고 상큼한 김유나. 동진중 3학년."

저전거가 휘청거렸다. 하우와 툰광이 입을 벌리고 멍한 표정을 지었다. 나는 한 걸음도 더 가기 싫어서 주저앉았다. 정말 여우에게 홀린 것만 같았다.

자전거가 지그재그로 내리막을 탄다. 하우는 검은 봉지를 과수원 철망 너머로 던져 버렸다.

"야, 지금까지 누구한테 누나라고 한 거냐?"

툰광이 성태 자전거 꽁무니에다 중얼거렸다.

"그러게. 그런데 프레시향, 너만큼 푹 익었다."

"프레시는 무슨. 유나, 그냥 유나라니까."

자전거를 쫓아가던 겁보가 다시 올라오고 있다.

아침이 골고루 내려앉았다. 저 아래에서 아랫못이 깨어 있다고 은빛 신호를 보냈다.

"툰광, 오랜만에 낚시할까?"

"왜? 유나 보게?"

하우가 절대 유나 때문이 아니라고 정색을 한다.

나는 흙길에 벌러덩 드러누워 하늘을 마주 보았다.

"그러지 말고 우리 병규한테 갈래?"

병규가 있는 하늘엔 이미 겨울이 와 있었다.

"가자. 매번 병규가 놀러 왔잖아."

#구멍

1

“그만 일어나지, 구멍.”

형이 쩝쩝대며 나를 깨운다. 둘만 있을 땐 좀 봐줄 만도 한데, 어림없다. 나는 못 들은 척 돌아누웠다. 형이 왜 소파에서 비비적거리지 못하게 하는지 이제야 알겠다. 어제 종일 소파에 붙어서 먹고 게임하고 텔레비전을 보다가 자는 것까지, 한자리에서 모든 걸 해결했다. 소파는 한번 입으면 벗기 싫은 옷처럼 몸에 착 감겼다.

형은 아침부터 고기를 구워 가스렌지 앞에 서서 먹고 있었다. 아버지가 있었다면 상상도 못 할 풍경이다. 식사는 식탁에 앉아서 바른 자세로 먹어야 하는 게 아버지 철칙이었다. 아버지를 꼭 닮은 형이 자다가 일어난 차림으로 밥을 먹는 것도 이상했다.

삼겹살 냄새가 이불 속으로 파고든다. 배 속은 벌써부터 깨어 있었다. 하는 수 없이 설거지통에서 젓가락을 씻어서 식탁에 앉았다. 고기 쌈은 소파보다 불판이 가까운 식탁이 좋다.

벌써 열한 시가 넘었다. 방학에도 여덟 시면 집을 나가는 형인데 신기한 일이다.

"빤뜨시 형님, 오늘은 안 바쁜가 봐?"

"알아서 뭐 하게? 신경 꺼."

대답이 사납다. 하긴, 날 구멍이라고 부를 때 눈치를 챘다.

여름까지만 해도 나는 형에게 나름 귀한 동생이었다. 형은 나보다 일곱 살이나 많다. 그래서인지 어린 나를 바쁜 엄마 대신 챙겨 주었다. 학원 시간에 맞춰 저녁을 차려 준 것도, 떨어진 실내화를 바꾸라고 돈을 챙겨 준 것도, 고래를 잡는 데 함께 간 것도 형이었다. 형은 내 보호자이자 해결사였다. 당연히 그때의 나는 구멍이 아니었다.

형이 변한 건 내가 여름 방학 때 기태를 꼬드겨 가출을 하려다 걸린 다음부터다. 기태와 함께 아침 일찍 기차를 타기로 했지만 역에 도착하기도 전에 형에게 걸렸다. 실수로 형 휴대폰을 집어 왔기 때문이다. 당장 집으로 오라는 형 말을 무시하고 늦어지는 기태를 기다렸는데, 잠시 후 나타난 건 기태가 아니라 형이었다.

나는 집으로 끌려가 가방과 주머니를 탈탈 털렸다.

"구제 불능, 이 새끼를 어째야 되냐?"

그날 형은 과하게 화를 냈다. 형답지 않았다. 형은 그동안 내 구멍을 메워 주려고 애를 썼다고 했다. 믿기지 않았다. 도대체 뭐가 문제라는 건지, 난 한 번도 내 안에 있다는 구멍을 본 적이 없었다.

"넌 오늘부터 그냥 구멍으로 살아. 나도 지쳤어."

그날 이후 김필현이 돌변했다. 문제집을 골라 주고 새 옷을 사 주고 언제쯤 면도를 해야 하는지 봐 주던 형이 아니었다. 그때부터 형은 동생을 부려 먹고, 놀려 먹고, 가지고 놀았다. 그러나 그건 둘만 있을 때 얘기다. 겉으로 보기에 우린 벽이 없는 사이좋은 형제였다. 부모님 앞에서 김필현은 여전히 일곱 살 어린 동생을 챙기는 육군 병장 만기 제대에 빛나는 듬직하고 다정한 형이었고, 김우현은 형에게 별명을 붙일 생각 따위는 하지 않는 착한 늦둥이 동생이었다.

그런데 아무리 기다려도 고기를 주지 않는다. 흘깃 보니 불판이 텅 비었다.

"없어? 다 먹었어?"

"삼겹살로 일 킬로그램 사 와."

형이 돈을 주었다.

내가 입을 삐죽거리자 냉동실에 겨우 한 줄 남아 있던 삼겹살을 구웠을 뿐이라고 빤한 거짓말을 한다.

"상추도 사고, 세탁소에 가서 내 옷 찾아와. 오늘 입을 거니까 꼭 찾아와."

어제 세탁소 아줌마는 형 외투를 빠뜨리고 내 교복만 가지고 왔다. 바짓단과 재킷 소매 길이를 줄인 고등학교 새 교복이 옷걸이에 걸려 거실 책꽂이에 매달려 있다.

엘리베이터를 타고 내려와서야 비가 많이 오는 걸 알았다. 우산을 가지러 다시 9층까지 올라갔다 와야 했다. 형은 옷이 젖지 않게 가지고 오라고 신신당부를 했다.

늦겨울 비가 여름 태풍처럼 몰아쳤다. 비바람에 휘둘리는 우산을 잡느라 앞이 보이지 않았다. 아무래도 오늘도 형에게 당한 것 같다. 삼겹살 냄새는 날 깨워 심부름을 시키려는 미끼였다. 형에게는 동생을 먹일 삼겹살보다 오늘 차려입고 나갈 옷이 필요했다.

'아휴, 저 빤뜨시.'

무슨 일이 있어도 일곱 시면 반드시 일어나는 형을, 어떠한 상황에서도 끼니는 반드시 챙겨 먹는 형을, 한번 틀어지면 오랫동안 삐쳐 있는 형을, 나는 가끔 빤뜨시 형님이라고 부른다. 그 가끔은 내 심사가 뒤틀려 있을 때다. 고기 냄새를 풍기며 아침부터 날 구멍이라고 자극한 건 형이 먼저다.

다행히도 '반드시'는 아버지가 형에게만 물려준 유전자였다. ROTC 출신인 아버지는 키가 크고 체격이 좋다. 교사를 하지 않았다면 주위에선 운동선수를 해도 좋았을 거라고 했다. 좋아하는 낚시를 갈 땐 가족을 데리고 가서 가정적이라는 소문도 났다. 아버지는 사소한 것들도 수첩에 적어 두고 수시로 들여다볼 정도로 꼼꼼해서 즉흥성과 창의성이라곤 찾아볼 수 없다. 사람들은 아버지를 반듯하고 성실해서 흠잡을 데가 없다고 하지만, 내 눈엔 너무 꽉꽉 채워 넣어서 열리지 않는 서랍 같아 보였다. 한마디로 갑갑하고 피곤한 스타일이다. 형은 외모도 성격도 아버지를 그대로 닮았다. 부지런한 것도, 건강을 챙기는 것도, 계획을 세워 지키는 것도 똑같아서 둘이 죽이 잘 맞았다.

세탁소에서 옷에 씌워 준 비닐로는 휘날리는 비를 막아 낼 수 없다. 다시 세탁소로 들어가 옷걸이를 빼고 옷을 점퍼 속에 욱여넣었다. 혹시 몰라서 우산을 불룩한 가슴팍에다 집중적으로 씌웠다.

집에 오니 운동화에 바지까지 흠뻑 젖었다. 형은 외투가 점퍼 안에서 나오는 걸 보고 소리를 빽 질렀다.

"야! 다 구겨졌잖아!"

"비 안 맞게 가지고 오라고 해서."

폭우를 뚫고 심부름을 한 보람도 없다. 형이 구시렁거리는 소릴 들으며 삼겹살을 기다렸다.

드디어 삼겹살 접시가 식탁에 놓였다.

"구멍, 오늘 뭐 할 거야?"

"빤뜨시 형님이 뭔 상관? 신경 꺼."

형 손이 뒤통수로 날아왔다. 쌈장에 얼굴을 박을 뻔했다.

"적당히 해라, 적당히."

게임? 야동? 빤뜨시? 뭘 적당히 해야 할지, 내가 한 짓을 더듬었다.

어제 부모님은 또 연수를 갔다. 겨울 들어서 한 번씩 연수를 다녀왔지만 두 분이 함께 간 건 이번이 처음이었다. 초등학교 교사와 중학교 역사 교사가 함께하는 연수가 있는 줄은 몰랐다. 아무튼 난 좋다. 두 분 다 집을 비우는 때가 나에게는 쉬는 시간이다. 형이 나가고 나면 밤까지 혼자다. 그건 시간을 내 맘대로 쓸 수 있다는 뜻이다.

연수를 떠나기 전 아버지가 길게 당부한 말들은 마침표가 찍히기도 전에 반사시켜 버렸다. 어차피 아무것도 하지 않을 거니까, 기억할 것도 새겨들을 것도 없었다. 답답하면 형이 나설 테니 나는 신경 쓸 일도 없고.

형은 불판에 삼겹살을 한 판 더 깔아 놓으며 노래를 흥얼거렸다.

"형, 재밌어?"

머리를 흔들고 다리를 까딱거리는 꼴을 보니 비위가 상한다.

"사는 게 재밌냐고! 매일 재밌어 죽겠다는 표정이잖아. 빤뜨시가 할 반듯한 일이 생겼나 봐?"

"너도 재밌잖아. 게임하고~ 피자 먹고! 영화 보고~ 낮잠 자고! 야동 보고~ 야동 보고~. 자꾸 까불면 너만 손해야."

형은 내가 어제 한 일을 본 것처럼 속속들이 안다. 까부는 게 아니라 정말 궁금해서 물어본 거다. 스물넷이 되면 저렇게 히죽거리게 될까? 도서관과 기태네 편의점 아르바이트로 매일이 똑같아도 저 나이가 되면 휘파람을 불 만큼 즐거울까? 동생 기분 따윈 상관없이 혼자만 즐거운 형이 오늘은 더 못마땅하다.

난 요즘 최악이다. 잠깐 형에게 까부는 것으로 기분이 좋아질 리 없다. 무기도 아이템도 다 써 버려서 싸울 의지도 용기도 없는 무기력한 캐릭터가 되었다. 아무 때나 화가 나고 우울하고 보이는 것마다 시시하다. 이런 기분을 어떻게 설명해야 할까? 기태는 이번에야말로 제대로 집을 나가 버리라고 악마처럼 속삭였다. 그러나 가출도 의욕이 있을 때 하는 짓이다. 지금은 뭔가를 생각하는 것조차 귀찮다.

지난주에 졸업식을 한 후 아무 데도 가지 않았다. 이사를 가야 해서 다니던 학원도 끊었다. 형은 그렇게 찌그러져 있는 내가 보이지도 않는지, 부모님이 집을 비우자마자 본성을 드러냈다. 어제는 자정이 넘어서 들어왔으면서 부모님에게 전화가 오면 샤워를 한다고 거짓말을 하란다.

형이 빈 그릇을 들고 한참을 노려보다가 그대로 놓았다. 싱크대에 설거지가 넘칠 지경이다. 식탁은 먹고 치우지 않은 것들로 빈 곳이 없다.

"내가 올 때까지 정리해. 아님 내일부터 밥 없어."

부모님이 없는 동안 먹는 것은 형이, 청소와 설거지는 내가 맡기로 했다. 형 마음대로 정한 것이지만 경제력이 없는 나는 몸으로 때울 수밖에 없다. 아무리 그래도 군필 대학생이나 되어서 어린 동생을 협박하고 싶을까? 형은 점점 유치해져 간다.

나는 다시 소파에 누워 이불을 몸에 친친 감았다. 나흘 후면 떠날 집인데 열심히 치울 필요가 없다. 앞베란다엔 정리한 이삿짐 상자가 창을 막은 채 쌓여 있었다. 저것들만 보면 지금도 화가 난다. 그날은 인내심이 바닥날 만큼 힘들고 지루한 하루였고, 그 모든 수고가 결국엔 헛짓거리가 된 날이기도 했다.

이번 이사는 여름에 결정되었다. 아버지는 더 이상 이사를 다니지 않아도 되는, 평생 살 집으로 간다고 했다. 도심 외각에 들어서는 전원주택 단지에서 텃밭을 가꾸고 퇴직 후 지역 문화 센터에서 강의도 하고 싶다고 했다. 두 분은 새집과 가까운 학교로 옮겨 가게 되었고, 형도 새로 개통되는 지하철로 학교를 다니기로 했다. 모든 게 아버지 수첩에 적힌 대로 착착 이루어졌지만, 문제는 나였다.

나는 아버지 계획대로 기숙사가 있는 고등학교에 합격을 했어야 했다. 시내와 멀리 떨어진 새집으로 이사를 가는 것에 걸림돌이 되지 않는 게 내가 할 일이었다. 기태에게는 올해 유난히 고득점자가 몰리는 바람에 커트라인이 높아져서 아슬아슬하게 떨어진 거라고 말했지만 그건 핑계였다. 난 처음부터 아버지가 골라 준 학교에 갈 성적이 아니었다. 그래도 혹시나 하고 부모님 뜻대로 원서를 썼지만 당연히 떨어졌다. 그다음엔 형이 추천해 준 학교에 응시했다가 학생들이 몰리는 바람에 그곳에서마저 탈락했다. 나는 생각지도 않은 엉뚱한 고교로 입학 배정을 받았다.

결국 통학 거리도 멀어졌고 친구들과도 찢어졌다. 머리카락을 다 쥐어뜯어도 속이 풀리지 않을 상황이었다. 나처럼 엉뚱한 곳으로 고교 배정을 받아서 우는 여자애들 틈에 끼어 나도 엉엉 울어 버리고 싶었다.

게임에서 팀을 짜다 보면 예상치 못한 구멍이 하나쯤 끼게 된다. 상대 팀은 득점을 위해 구멍을 살벌하게 공격하고, 팀원들은 실점만 하는 눈엣가시인 구멍을 더 살벌하게 깐다. 잘하려고 할수록 실수가 늘어나는 게 구멍의 특기다. 구멍은 점점 커진다. 결국 구멍이 있는 팀은 죽사발로 깨져 버린다.

그래도 게임에서는 자신이 구멍인 걸 알면 다음 판에 끼지 않으면 된다. 그러나 가족은 가입도 탈퇴도 맘대로 안 되는 이기적인 팀이다. 인정하고 싶지 않지만 우리 가족 중에서 구멍은 바로 나란다. 내 편이라고 믿었던 형이 확인해 준 것이라 더 씁쓸하다. 나는 이 겨울, 구멍을 메울 근사한 기회를 놓쳤다.

겨울 방학이 되자 가족들은 나와 상관없이 이사 준비를 했다. 이사를 할 때마다 이 집에서 저 집으로 늘 껍데기만 바뀌었는데, 이번엔 아버지가 나서서 낡고 쓸모없는 알맹이들은 버리자고 했다. 집 안으로 들어온 건 함부로 버리지 못하게 하는 아버지로서는 대단한 결심이었다. 아버지도 깨끗한 새집에 묵은 먼지 같은 골동품들을 가져가고 싶지 않은 거라고, 내 생각과 같을 거라고 착각했다.

베란다를 정리하던 날, 아버지는 물건 한 개도 대충 넘기지 않고 이력을 읊었다. 언제 샀는지, 언제 썼는지를 엄마에게 시시콜콜 따졌다. 지루하고 짜증 나는 작업이었다. 나는 앞베란다 창고에 있던 물건이 채 반이 나오기도 전에 질려 버렸다. 빨리 끝내자고 눈치를 줘도 엄마와 형은 아버지에게 전염이 되었는지 진지하고 묵묵하게 일을 했다.

뒷베란다 창고에서는 나와 형이 어릴 적에 쓰던 것들이 나왔다. 있는지도 몰랐던, 버려질 때가 되어서야 제 모습을 드러내는 존재감 없는 것들이었다. 엄마와 아버지는 우리가 쓰던 물건에서도 추억을 더듬느라 시간이 오래 걸렸다. 형은 틈이 벌어진 엄마 기억을 메우며 맞장구를 쳐 주는 효자 노릇을 했지만, 나는 뛰쳐나가고 싶어서 미칠 지경이었다.

내 의사를 묻는 것들은 두 번 생각할 것도 없이 무조건 버려 달라고 했다. 낙서 같은 그림과 어설프게 만든 공작품, 기억도 나지 않는 아이에게서 받은 생일 축하 카드를 왜 가지고 있었는지 도무지 이해할 수 없었다. 그러나 많은 것들이 내 뜻과 상관없이 다시 상자 안으로 들어갔다. 그것들은 이삿짐으로 자리를 잡았다. 저녁이 되어 대형 폐기물 봉지 여섯 개를 밖에 내어 놓았다. 고르고 골라도 버릴 것들이 이렇게나 많았다.

그날 밤, 아버지는 갑자기 우리를 밖으로 불러내더니 내어 놓은 봉지를 가리켰다.

"다들 하나씩 들고 가자."

그땐 엄마까지 화를 냈다.

"종일 구분한 거잖아. 이런 것쯤은 버려도 돼. 어차피 가면 창고에 처박힐 것들이라고."

아버지는 봉지 속에서 독서대를 꺼내 들었다. 나사가 빠져 제구실을 못하는 거였다.

"이거, 필현이가 영일 도서관에서 하는 독서 퀴즈 대회에 나가서 받은 상품이잖아. 다 기억나는데 어떻게 버려? 기억나는 건 절대 못

버려. 안 버려."

엄마는 침을 꿀떡 삼켰다.

"당신, 그럴 줄 알았어. 못 버릴 줄 알았다고."

결국 우리는 봉지를 몽땅 들고 집으로 올라왔다. 그날 밤 거실에서는 밤새 달그락거리는 소리가 들렸다. 다음 날 베란다엔 이삿짐 상자 세 개가 더 쌓이고 폐기물 봉지는 겨우 두 개만 밖으로 나갔다.

이번 겨울은 나를 화나게 하는 것투성이다. 돌아보면 지나온 한 해가 온통 이 모양이었다.

말끔하게 차려입은 형이 나간 후 기태에게서 전화가 왔다.

"나, 지금 간다."

"오늘?"

기태는 이사하기 전날 우리 집에서 자고 가기로 되어 있었다. 아버지가 어른이 있는 날이어야 한다고 해서 겨우 그날로 잡은 거였다.

"짜식, 오늘도 가고 금요일도 가고."

"싫어, 오지 마."

혼자 집에 있는 게 소원이었던 적이 있었다. 집이 비면 기태처럼 친구들을 불러 맘껏 놀고 싶었는데 막상 기회가 오니 귀찮다. 시시하다.

"사춘기냐? 형이 너 요즘 삐딱하다고."

기태 말끝에 키득, 웃음이 달렸다. 둘이서 나를 두고 자근자근 씹었나 보다.

"내가 안 삐딱하게 생겼냐? 집은 시골로 이사 가지, 학교도 맘대로 못 가게 해서 이 꼴을 만들어 놓고. 사춘기 좋아하네. 형이야말로 사춘기야, 헤벌쭉해서는."

한 마디만 더 보태면 둘을 싸잡아 이에 낀 삼겹살처럼 마구 쑤셔 버리려고 했는데 기태가 입을 다물었다. 나는 기태에게 잘 거니까 오지 말라고 못 박았다.

거실에 걸린 새 교복을 노려보았다. 고등학생이 되는 3월이 되어도 나는 여전히 어딘가 뚫려 있을 것이고 세상은 그대로 돌아갈 것이다. 늘 그래 왔듯이 아버지가 만들어 놓은 완벽한 세상은 지겹도록 변하지 않을 것이다.

2

청소는 했냐는 형 전화에 정신이 번뜩 들었다. 동영상을 보고 지우고 보고 지우고, 게임으로 잠깐 열을 식히려다가 라인을 타며 점수를 올리다 보니 시간이 후딱 갔다. 어느새 저녁 일곱 시가 넘었다. 배가 고프다 못해 쓰리고 아팠다.

밖으로 나왔다. 아파트 단지를 벗어나 몇 달째 같은 광고가 붙어 있는 가게를 지났다. 페인트가 벗겨진 사거리 횡단보도를 건너서 오래된 골목 모퉁이에 있는 푸드 트럭으로 갔다. 주변에서 바뀐 거라곤 얼마 전부터 장사를 하는 토스트 트럭뿐이다. 토스트와 어묵과 호떡을 파는데 토스트에 뿌려 주는 땅콩 소스 맛이 좋았다. 너무 늦지만 않으면 토스트를 먹을 수 있었다.

2시부터 토스트 재료 떨어지는 시간까지 장사합니다.

처음 토스트를 사 먹던 날 작은 사건이 있었다. 학원을 그만둬서 빈 시간을 주체하지 못해 하릴없이 동네를 돌아다닌 첫날이었다. 내가 트럭 앞에 서기도 전에 반쯤 몸을 일으킨 아줌마가 잔뜩 인상을 쓰며 뭘 먹을 거냐고 따지듯이 물었다. 붙어 있던 메뉴 중 가장 먼저 눈에 띄는 걸로 주문했다.

"햄 토스트요."

아줌마가 후다닥 스티로폼 상자 뚜껑을 열고 식빵을 꺼냈다. 큰 사각팬에 버터를 한 번 슥 바르고 식빵 두 개를 올려 한쪽으로 밀쳐 두었다. 그 옆에 계란을 깨뜨려 집게로 휘휘 젓는가 싶었는데 곧바로 햄을 척 올려놓았다. 두툼한 아줌마 손은 재빨랐지만 실수투성이였다. 팬에 떨어진 계란 껍데기를 집어냈고 햄도 두 장이나 꺼내어 하나를 다시 비닐 안에 넣었다. 구겨진 아줌마 얼굴도 성의 없는 손놀림도 마음에 안 들었다.

아줌마는 구워지지도 않은 식빵에 계란과 햄을 얹고 그 위에 또 다른 식빵을 덮었다. 점점 일그러지는 아줌마 얼굴에 나는 불안했다. 갑자기 아줌마가 화들짝 놀라더니 집게를 놓치고 손목을 잡았다. 팬 가장자리에 손목을 덴 것 같았다. 이때를 기다렸다는 듯, 아줌마가 벌떡 일어나 앞치마를 풀었다. 트럭이 흔들렸다.

"학생, 먹고 있어. 먹으면서 가게 좀 봐줘. 내가 급해서."

아줌마가 뒤에 처져 있는 비닐을 들치고 차도로 내려서더니 곧장 건너편 상가로 뛰어갔다. 두루마리 휴지를 든 손을 흔들며 소리를 질렀다.

"참, 소스 안 쳤다. 쳐서 먹어. 그게 이 집 별미야."

아줌마는 나에게 토스트를 주지도 않았다. 층층이 쌓인 토스트는 아직도 팬 한가운데에서 구워지고 있었다.

나는 아줌마가 던져 놓고 간 집게로 토스트를 들어 올려 종이에 쌌다. 팬에 닿아 있던 식빵 면은 타기 직전이었다. 볼일이 급한 아줌마가 잊지 않고 권한 걸 보면 특제 개발 소스쯤 되는 것 같았다. 그러나 나는 바싹 구워진 토스트를 그냥 먹었다. 토스트는 달지도 짜지도 않은, 그냥 처먹는 맛이었다.

그사이 사람들이 트럭으로 왔다. 손님이 올 때마다 나는 상가 쪽을 힐끔거렸다. 토스트를 찾던 사람들은 아줌마가 없는 걸 알고 그냥 가거나 다른 것을 먹었다. 다들 알아서 집어 먹고 나에게 돈을 내밀었다. 먹는 걸 보았으니 돈을 받아야 했다. 문제는 거스름돈이었다. 내가 당황해서 주춤거리자 아저씨가 빨리빨리 좀 합시다, 하며 트럭에 들어가 보라고 했다. 하는 수 없이 바람막이 비닐을 들치고 트럭 안으로 들어갔다. 주인 없는 집에 마음대로 들어가는 것 같아 기분이 찝찝했다. 다행히 의자 발치에 동전통이 있었다.

누가 무엇을 얼마나 먹었는지 계산할 틈도 없었다. 여기저기서 내민 돈을 받고 손님들이 부르는 대로 거슬러 주었다. 두세 명씩 몰려와

먹고 빠지기를 수차례. 방어벽을 치기도 전에 사방에서 몰려든 적들에게 둘러싸여 허둥대다가 순식간에 끝나 버렸다.

손님들이 가고 난 후 내 손엔 천 원짜리 열두 장이 남았다. 이상했다. 분명 오천 원을 받고 잔돈을 거슬러 준 기억이 있는데 아무리 찾아도 오천 원짜리가 안 보였다. 어묵은 먹고 남은 꼬치로 개수를 셀 수 있지만 쑥 줄어 있는 호떡은 몇 개를 팔았는지 흔적이 없었다.

아무래도 실수를 한 것 같았다. 뭐라고 해야 하나 고민하는 사이에 상가에서 아줌마가 나왔다. 할 수 없이 주머니에서 오천 원을 꺼내어 손님들에게 받은 돈에 보탰다. 나는 오천 원짜리 토스트를 먹은 게 되었다.

아줌마는 한결 느긋하고 편안한 얼굴로 돌아왔다. 둥글다 못해 호떡처럼 눌린 것 같은 아줌마 얼굴엔 웃는 표정이 훨씬 잘 어울렸다. 아줌마가 벗어 둔 앞치마를 두르고 양주머니에 손을 넣었다가 뺐다. 놀랍게도 앞치마 주머니엔 지폐가 가득했다. 내가 돈을 주자 아줌마가 남아 있는 호떡과 어묵을 살폈다.

"학생, 대단하네."

나는 처음 보는 학생에게 그날 매상과 트럭을 통째로 맡긴 아줌마가 더 대단해 보였다.

"내가 오전에 다이어트 음료를 홍보했거든. 몇 개나 마셨는지 배 속에서 난리가 났어. 효과가 있긴 한가 봐."

아줌마는 추위로 볼이 빨갰다. 빨간 점퍼까지 입고 있어서 호빵맨이 떠올랐다.

"학생, 내일 또 와. 토스트 공짜로 줄게."

그날부터 나는 토스트 트럭에 들렀다. 하지만 공짜로 먹은 적은 한 번도 없다.

"어, 학생 왔어? 좀 늦었네."

오늘 나를 반겨 준 사람은 아줌마밖에 없다. 게임에서 같은 편인 놈들에게 종일 욕만 먹었다. 한 명이 모자란다고 날 끼워 넣을 때는 언제고, 나중엔 왜 들어왔냐고 저희끼리 날 따돌렸다.

"뭐 줄까? 먹고 싶은 거 먹어. 아무거나 다 먹어."

아줌마는 매일 똑같은 말을 했다.

"토스트요."

나는 허겁지겁 어묵을 베어 먹으며 말했다.

아줌마는 냉장고에서 우유를 꺼내 팬 옆에 놓고 토스트를 굽기 시작했다.

"너무 차면 배탈 나."

우유는 서비스라고 했다. 아줌마는 손놀림이 여유로웠지만 서툰 건 여전했다.

"굶고 다니니? 밥 안 먹어?"

내가 어묵을 세 개째 집어 들자 아줌마가 물었다.

"네."

아줌마가 움찔 놀랐다.

어묵 다섯 개에 국물 두 컵을 마시고 나서야 소스가 듬뿍 쳐진 토스트가 내 손에 쥐어졌다. 토스트를 한입 베어 먹을 때마다 소스가 뚝뚝 떨어졌다.

"정말 굶었나 보네. 왜?"

"집에 아무도 없어요."

토스트는 다섯 번 만에 다 먹고 우유도 두 번 마시니까 없다.

"그러고 보니, 너 봄 방학하고부터 하루도 안 거르고 왔지?"

호떡 반죽을 떼던 아줌마가 나를 물끄러미 쳐다보았다.

"학교 안 가면 밥 먹을 데가 없니?"

아줌마와 눈이 마주치는 순간, 나도 모르게 고개를 끄덕였다. 게임을 하느라 해가 지는지도 배가 고픈지도 몰랐다. 청소를 안 하면 밥도 용돈도 안 준다는 형 말이 새삼스레 화가 났다. 나는 아줌마가 권하는 대로 호떡 두 개를 더 먹었다. 칠천육백 원. 아줌마는 내가 공짜라서 많이 먹는다고 생각했는지 모르지만, 나는 먹으며 음식값을 다 계산하고 있었다. 가방에 있던 동전까지 털었다.

아줌마는 돈을 받지 않았다.

"오늘은 정말 공짜야. 혹시 아니? 또 신세 질 일이 생길지."

아버지는 세상에 공짜란 없다고 했다. 대가도 제가 한 만큼만 받으라고 했다. 화장실 갈 동안 봐준 것치고 칠천육백 원은 너무 과하다. 그리고 공짜라는 건 한두 개일 때만 해당된다.

"급하면 또 다녀오세요. 저, 시간 많아요."

아줌마가 호탕하게 웃더니 나를 찬찬히 살폈다. 괜히 민망해서 어묵 국물을 후루룩 마셨다. 사람들은 키 작고 마른 나를 나이보다 어리게 본다. 방금 아줌마 눈빛도 어린아이를 보는 그것이었지만, 오늘은 그리 싫지 않았다.

"그럼, 딱 삼 일만 봐줄래? 와서 저녁도 해결하고."

"여길요?"

아무것도 모르는 나에게 트럭을 맡기겠다는 말이 믿기지 않았다.

"걱정 마. 내가 다 해 놓고 갈 거니까, 넌 정말 보기만 하면 돼."

푸근한 아줌마 미소에 그러겠다고 했다. 못 할 것도 없었다. 내가 할 만하니까 아줌마가 맡기는 것이다.

거창하게 아르바이트라고 할 것도 없었다. 아줌마가 일을 보고 오는 두 시간 동안만 트럭을 봐주고 수고비는 먹는 걸로 대신하기로 했다.

"근데, 어디 가는 건데요?"

"갑자기 급한 일이 생겨서. 화장실 가는 건 아니야."

우스갯소릴 하는 걸 보니 나쁜 일은 아닌 듯했다. 손님이 많은 저녁 여섯 시에 자리를 비워야 할 일이면 장사보다 더 중요한 일일 거다.

그날 나는 아줌마가 장사하는 것을 지켜보았다. 아줌마는 어묵 국물이 제대로 우러나지 않았다며 국물을 먹는 사람들에게 미안해했고, 설탕이 새어 나와 시커멓게 된 호떡은 백 원씩 깎아 주기도 했다. 아줌마가 하는 장사는 어딘가 달랐다.

토스트에 들어가는 재료가 떨어지자 아줌마가 트럭을 정리하기 시작했다. 호떡 반죽통과 소스통을 챙기고 어묵에 발라 먹는 간장통 뚜껑을 닫아 안으로 들여 놓았다. 마지막으로 팔다 남은 어묵을 건져 플라스틱 통에 넣고 국물도 따로 담았다. 아줌마는 운전석에서 짐수레를 꺼내어 물건을 싣고 줄로 묶어 고정시켰다.

"내가 운전을 못해. 여기도 슈퍼 아저씨가 맞춤하게 주차해 준 거야."

"진짜예요?"

황당했다. 차에서 장사를 하면서 운전을 못한다니……. 아이템을 모으는 건 고수인데 쓸 줄을 모르는 것쯤 되려나? 아무튼 아줌마는 허점투성이에다 어수룩한 장사꾼이다. 그러나 본인은 그것마저도 잘 모르는 것 같았다. 나는 그런 아줌마가 마음에 들었다.

아줌마가 날개처럼 양쪽으로 펼쳐 놓았던 트럭 벽을 내려서 잠그고 차량 번호판이 종이로 잘 가려져 있는지 확인했다. 단속차가 지나가면서 사진을 찍어서 이렇게 할 수밖에 없다고 했다.

"내일 저녁 여섯 시에 오면 돼."

아줌마는 짐수레를 끌고 동네 길로 올라갔다. 길게 이어진 오르막은 골목이 많은 곳이었다.

상가 앞에 혼자 남았다. 더 이상 할 일이 없다. 딱히 가야 할 곳도, 가고 싶은 곳도 없다. 상가 건물 벽에 걸린 시계 시침이 이제 막 숫자 9를 넘어섰다. 아줌마는 아직도 언덕을 오르고 있었다. 저 시곗바늘도 오늘은 올라갈 일만 남았다. 주머니에는 칠천육백 원이 그대로 있었다. 내일은 내가 공짜에 대한 보답을 할 차례였다.

3

우리는 자주 이사를 다녔다. 이 아파트로 이사 온 건 겨우 이 년 전이었다. 중학교를 입학할 때엔 기태와 가까이 살았는데, 지금은 버스로 세 정거장이나 떨어져 있다.

고등학교 때부터 도시로 나와 혼자 자취를 한 아버지는 지금까지 살았던 집을 꼽으면 스무 곳이 훨씬 넘는다고 했다. 일 년도 못 채우고 짐을 싼 집도 있단다. 아버지는 중학교 교사가 된 후에는 학교를 옮길 때마다 이사를 다녔다. 우리가 습관적으로 가방을 메고 학교에 가듯, 아버지는 이사를 성가셔도 해야만 하는 반복되는 일상쯤으로 여겼다.

이사를 하면 나와 형은 전학을 가기도 하고 먼 거리를 통학하기도 했다. 집은 순전히 아버지 뜻대로 정해졌고, 엄마는 꼼꼼하게 일 처리를 하는 아버지에게 모든 것을 맡겼다. 가끔 형과 지난 이야기를 하다 보면, 그곳이 초등학교 1학년 때 살던 동네였는지 4학년 때 살던 동네였는지 헷갈릴 때가 있었다. 짧은 시간에 많은 동네를 지나왔기 때문에 내 기억은 대부분 흐릿했다. 그건 차를 타고 지나가며 바깥 풍경을 보는 것과 같은 거였다.

꼼꼼한 아버지가 우리처럼 헷갈려하는 걸 꼭 한 번 본 적이 있다. 겪어 보지 못한 놀라운 일이어서 그날만큼은 생생하게 기억한다. 형이 수능 시험을 치른 다음 날이었다. 예상보다 점수가 잘 나올 것 같다는 형의 말에 부모님은 마음을 푹 놓았다. 오랜만에 가족이 맞는 느긋한 저녁, 우리는 야식을 먹으러 가려고 아버지를 기다리고 있었다. 아버지는 집에 도착할 시각이 훨씬 지나 전화를 해서는, 우리더러 도대체 어디에 있냐며 횡설수설했다. 우리는 차로 아버지를 데리러 갔다.

그곳은 우리가 몇 해 전에 살던, 지금 동네와는 꽤 멀리 떨어진 곳이었다. 11월 밤바람이 찬 날이었는데 아버지는 편의점 밖 파라솔 의자에서 소주를 병째 마시고 있었다. 엄마는 술을 마시는 아버지 모습에 무척이나 놀랐다. 더구나 다들 보는 길가에서 술병을 들고 있는 아버지 모습은 상상할 수도 없었다.

엄마는 술도 못 먹는 양반이 집을 못 찾을 만큼 취했다고 했고, 아버지는 집을 못 찾아서 화가 나 술을 마셨다고 했다. 혀가 꼬인 아버지는 자신이 무슨 말을 하는지도 모르는 것 같았다. 술에 취한 아버지를 본 건 그날이 처음이자 마지막이었다. 이 일만큼은 형과 내 기억이 일치했다. 오 년 전 그날은 비슷하지도 평범하지도 않은 무척 특이한 날이었다.

아버지 성격이 꼼꼼함을 넘어서 깐깐해진 건 아마도 그 무렵쯤이었을 것이다. 어느 날부터 아버지는 수첩을 가지고 다니며 무엇이든 적기 시작했다. 처음엔 아버지가 해야 하는 일만 적는 줄 알았는데, 나중에 보니 나와 형에게 말을 할 때도 수첩을 펼쳤다. 그곳에다가 우리에 관한 것들도 적고 있는 게 분명했다.

형은 아버지 수첩에 적힌 대로 잘 따랐지만 나는 늘 불만이었다. 아버지가 쓴 건 아버지 계획일 뿐 내 것은 아니었다. 나는 언제나 아버지 계획에서 조금 부족했고 어긋났고 틀어졌다.

형은 오늘도 늦었다. 올해부터 본격적으로 취업 준비를 한다고 했다. 아르바이트를 마치고 공부를 하는 것 같긴 한데 좀 이상했다. 새로운 거라고는 찾아볼 수 없는 형이었는데, 요즘 들어 자꾸만 딴짓을 한다. 아침에도 도서관에서 먹을 거라며 비닐봉지에 귤을 쌌다.

"귤이 그렇게 좋아?"

"돈 없어."

엄마가 없는 동안 마트에서 장을 보고 세탁물을 찾는 것에 돈을 너무 많이 썼다고 했다. 조금 감동적이긴 했다. 아르바이트를 해서 모아 둔 돈이 있을 텐데도 한 달 예산을 넘기지 않겠다는 대단한 자기 관리였다.

"그럼 도시락을 싸 가지? 반찬 많이 남았잖아."

"이게 나눠 먹기 좋아."

누구랑 나눠 먹냐고 물었다가 알 것 없다고 무시당했다.

형 방문을 열고 스위치를 올렸다. 형은 벌써 짐 정리를 끝냈다. 폐기물 봉지가 구석에 놓여 있었다. 형 방에서 사라질 것은 겨우 봉지 하나였다. 나는 봉지를 걷어차다가 책상 위에 놓여 있는 고교 영문법 책을 보았다. 나와 수업을 할 교재였다. 신경을 안 쓸 거라고 하던 형도 내 앞날이 걱정되나 보다. 머리를 쥐어박히기 전에 하는 척이라도 해야겠다. 나는 고교 영문법과 폐기물 봉지를 들고 나왔다.

엄마가 없는 동안 나도 방 정리를 끝내야 한다. 삼 일 후면 부모님이 돌아오시고 그다음 날엔 이사를 한다. 아버지는 무슨 이삿날을 그렇게 잡았냐고 엄마에게 화를 냈다.

"이삿날이 먼저 잡힌 거잖아. 이번 연수는 지난달에 결정됐고."

엄마는 아버지에게 수첩을 보라고 했다. 아버지답지 않게 착각을 하고 있었다. 아버지는 한참 동안 수첩을 들여다보며 볼펜으로 머리를 툭툭 쳤다.

엄마는 신중하게 생각해서 버릴 것을 내어 놓으라고 했지만, 나는 서랍을 열어 하나씩 봉지 속에 때려 넣었다. 없으면 안 쓰고 필요하면 구해서 쓰면 된다. 나에겐 값비싼 귀중품도, 간직하고 싶은 소중한 물건도 없다.

그것마저도 귀찮다. 서랍을 휘저어 몇 가지만 골라냈다. 아버지는 왜 이사를 할 때 필요한 것을 선택하지 않고 필요 없는 것들을 골라내는지 모르겠다. 필요한 것만 챙기고 나머지는 버리면 될 것을. 그러면 인생이 훨씬 가벼워질 텐데. 뭐든 다 지고 가려는 아버지 머릿속은 얼마나 무거울까? 옷장에서도 몇 가지만 추려서 상자에 넣었다.

옷 한 상자와 책과 학용품 한 상자로 정리가 끝났다. 알람 시계와 방에서 유일하게 키보다 높이 있는 액자를 떼어다 옷 사이에 끼워 넣었다. 서랍에 남아 있는 것들을 폐기물 봉지에 쏟아붓고 책상과 책꽂이에 있는 것들까지 쓸어 담았다. 가구도 버리고 갈 거라고 했다. 책상과 옷장도 아버지와 형이 쓰던 낡은 것들이다. 책상은 아버지와 형에게 합격을 가져다준 행운의 물건이라고 했지만, 나에게는 해당 사항이 없다. 그저 다리 길이가 맞지 않아 삐걱대는 고물일 뿐이다.

상자와 봉지를 베란다에 내어 놓는 것으로 순식간에 일을 마쳤다. 빈 책상, 빈 책꽂이, 빈 옷장. 비어 있는 방도 나쁘지 않다.

아줌마는 틀림없이 여덟 시 전에는 오겠다고 했다.

"할 거 없어. 돈만 잘 받아 두면 돼."

어제에 이어 두 번째 날이어서 나도 큰 걱정이 되지 않았다.

호떡 서른 개는 사각팬 한쪽에 두 줄로 차곡차곡 쌓여서 키 큰 스텐 뚜껑을 덮고 있었고, 햄 토스트 열두 개와 야채 토스트 열 개는 한 개씩 삼각 봉지에 담겨서 스티로폼 상자 안에 들어 있었다. 어묵은 매운 것과 안 매운 것으로 구분되어 뜨거운 국물에 담겨 반쯤 걸쳐 둔 뚜껑 사이로 꼬치만 내어 놓았다. 어묵통에서 나오는 더운 김이 바람을 타고 오가는 사람들 시선을 끌었다.

어제는 바깥에 서 있겠다고 고집을 부렸다가 아줌마가 막무가내로 떠미는 바람에 트럭으로 올라갔다.

"감기에 걸리면 안 되지."

아줌마 말엔 사람 마음을 건드리는 마력 같은 게 있었다. 아줌마는 오늘도 내가 트럭에 앉는 것을 보고 급히 골목길을 내려갔다.

트럭 안은 좁았지만 살림살이가 골고루 갖춰져 있다. 운전석 쪽으로는 가스통과 냉장고가 있고, 그 아래 스티로폼 상자 두 개가 있었다. 한 곳엔 식빵과 호떡 반죽 재료가, 다른 곳엔 어묵과 꼬치가 들어 있다. 꼬치 위엔 기름이 묻은 일회용 장갑이 걸쳐져 있었다. 오른쪽 삼단 선반에는 토스트를 담아 주는 종이봉투와 비닐봉지, 종이컵, 화장지가 있고 작은 라디오도 있었다. 달걀 세 판이 쌓여 있는 발치에는 담요와 동전통, 장부 같은 작은 수첩과 도시락통, 붕대, 연고, 밴드가 보였다. 읽다 만 책도 엎어져 있었다. 책 제목이 《일억 만들기》였다. 이천 원짜리 토스트를 몇 개 팔아야 일억 원을 모을 수 있는지를 계산하다가 포기했다. 바닥엔 털 실내화와 지압 발판도 있었다.

트럭 안은 마치 여학생 사물함 같았다. 언젠가 기태와 같이 열어 본 여학생 사물함에는 스타킹, 거울, 과자, 포장지까지 온갖 것들이 교과서와 함께 있었다. 우리는 사물함에 들어 있는 다양한 품목에 놀라 잠겨 있지 않은 사물함들을 모두 뒤졌다. 그중 우리를 가장 놀라

게 한 건 일회용 도시락에 담겨 있던 죽이었다. 곰팡이가 핀 죽을 보고 우린 기겁했다. 한동안 나와 기태는 그 여학생을 '곰팡이'라고 불렀다.

그러나 아줌마 트럭은 여학생 사물함을 보는 것만큼 재밌지 않았다. 이곳은 따뜻했지만 생소하고 불편했다. 아줌마가 트럭 안에서 보내는 시간이 토스트 소스처럼 고소하고 달콤하지만은 않을 거라고 짐작했다.

오늘은 어제보다 자신 있다. 호떡은 반을 접어 종이컵에 넣어 주고, 토스트는 스티로폼 상자에서 꺼내어 주면 된다. 어묵은 손님들이 알아서들 골라 먹었다. 나는 내 돈을 채우는 일이 없게 계산만 확실히 하면 된다. 손님들이 내 행동이 굼뜨고 서툴다고 트집을 잡지 않아서 다행이었지만, 자꾸만 아줌마를 찾아서 곤란했다.

"엄마는 어딜 갔니?"

"잠깐 일 보러요."

이 대답이 가장 짧고 확실했다. 그냥 내일까지만 아줌마 아들이면 된다. 한 아줌마는 아는 체를 하고 싶었던지 황당한 말을 했다.

"엄마 닮아서 날씬하네."

나는 당연히 날씬했지만 아줌마는 아무리 봐도 날씬하다고 할 수 없는 몸이었다. 심지어 진짜 엄마도 날씬 축에는 끼지 못하는 몸매다.

한 시간이 후딱 지나갔다. 토스트와 호떡은 반 넘게 팔았고 어묵도 많이 줄었다. 음식이 쑥쑥 줄어드니 장사가 신나고 재밌다. 음식을 주고 돈을 받는 걸 반복하다 보니, 내가 굉장히 중요한 사람이 된 것 같았다. 시간이 갈수록 추워졌지만 기분은 상쾌했다.

퇴근 손님이 지나간 후 기지개를 켰다. 트럭 앞은 복지관이었다. 그마저도 모퉁이를 도는 담벼에 안 보여서 삭막했다. 목을 빼고 올려다봐도 앙상한 나뭇가지와 전깃줄만 보였다.

졸음이 몰려왔다. 바람막이 비닐벽 너머로는 자동차 불빛이 일그러져 보였다. 트럭 앞을 지나는 사람들은 누군가의 게임 캐릭터처럼 한눈 한 번 팔지 않고 걷는다. 순간, 컴퓨터 화면을 들여다보는 듯한 착각이 들었다. 그동안 컴퓨터 앞에 너무 오래 있었다.

잠시 후 여학생 세 명이 와서 어묵을 먹다가 나를 알아보는 눈치였지만, 모른 척하고 돈을 받았다. 저희끼리만 속닥거릴 뿐 나에게 말을 걸지 않았다.

여덟 시 삼십 분. 어제는 아줌마가 약속 시간보다 일찍 왔다. 두 시간이면 충분하다고 했는데 오늘은 늦어지고 있었다. 토스트는 다 떨어졌고 호떡은 두 개 남았다. 트럭에서 나왔다. 다리가 뻣뻣하고 등이 결렸다. 아줌마가 내려간 어두운 골목길을 쳐다보았다. 골목 어디쯤에서 아줌마가 나올지 알 수 없었다.

아홉 시가 지나자 슈퍼 아저씨가 길가에 있는 물건을 안으로 들여놓기 시작했다. 미용실과 떡집은 이미 문을 닫았다. 나는 길 건너 슈퍼로 갔다. 아저씨가 트럭을 주차해 줬다는 말이 생각나서였다.

"아들이 아니라고? 아줌마가 귀한 아들이라고 해서 그런 줄 알았지. 연락처도 몰라? 뭔 일을 그렇게 해?"

아저씨는 나를 트럭으로 데려가서는 가스 밸브를 잠그고 운전석 문을 열었다. 차문이 열려 있을 줄은 몰랐다. 트럭 안에는 흔한 주차 중 연락처 같은 것도 없었다.

"어떡해요?"

아저씨는 계속 혀를 찼다.

"뭘 어떡해? 더 기다려 보고 안 오면 경찰에다 연락해야지. 이 아줌마 대책 없네. 뭘 믿고 너한테 트럭을 맡겼나 몰라."

아저씨는 트럭을 한 바퀴 돌아보고는 슈퍼로 돌아갔다.

나는 아저씨가 슈퍼 문을 닫고 가 버릴까 봐 겁이 났다. 상가 불이 다 꺼지고 혼자 남게 되면 낭패였다. 생각나는 게 기태밖에 없었다. 경찰보다는 기태가 나았다. 경찰을 부르더라도 기태와 둘이어야 했다.

"지금 올 수 있어?"

"지금? 연속 이틀 외박은 안 될 텐데."

기태는 집에 자러 오라고 하는 줄 알고 엄마 허락을 받을 걱정부터 했다.

"아니, 잠깐만 와. 자전거 말고 택시 타고 뛰어와."

"택시 타고 어떻게 뛰냐?"

기태 농담을 받아 줄 여유가 없다. 경찰을 불러야 할지도 모른다고 무조건 빨리 오라고 재촉했다. 그건 아줌마에게 하고 싶은 말이었다.

식어 가는 어묵 여섯 개만 남았다. 나는 아줌마가 하던 대로 트럭을 정리했다. 간장통을 닫고 빈 꼬치를 모았다. 쓰레기를 발로 밟아 부피를 줄였다. 그리고 아줌마가 준 천 주머니에 돈을 담았다. 아줌마가 와서 남은 어묵만 치우면 트럭 문을 닫을 수 있도록 정리해 두었다. 겨우 이틀째인데 내가 생각해도 정말 잘하고 있었다.

파카에 달린 모자를 뒤집어써도 귀가 시렸다. 이따금 자동차만 지나갈 뿐 골목엔 사람 발길이 끊겼다. 인적이 없는 겨울밤 언덕길은 더 춥고 어두워 보였다.

비닐을 들치고 트럭에 들어가 앉았다. 아줌마가 두고 간 온기는 이미 다 식었다. 신발을 벗고 언 발을 털 실내화 안으로 밀어 넣었다. 담요를 펼쳐 무릎에 덮었다.

"어머, 아직 하네."

손님이 왔다. 오늘의 마지막 손님은 여자였다.

"오빠, 어묵 남았다."

긴 생머리 여자는 어묵 꼬치를 들고 일행을 향해 흔들었다. 이참에 남은 어묵을 다 팔았으면 좋겠다. 아줌마가 돌아왔을 때 감동할 걸 생각하니 걱정이 조금 가시긴 했다.

양쪽 어깨에 하나씩, 백팩을 두 개나 멘 남자가 모퉁이를 돌아 트럭 앞에 섰다.

"어?"

김필현이다. 분명 형이다. 나는 재빨리 차도 쪽으로 돌아앉아 무릎 담요를 머리에 뒤집어썼다.

"오빠, 여기 토스트 먹어 봤어?"

"아니, 맛나?"

"응, 완존 완존. 그래서 일찍 떨어져. 나름 한정 판매인 거지. 저기요, 토스트 없죠?"

저 쩝쩝대는 소리, 역시 형이다.

"어, 없어요."

"근데 뭐가 이러냐? 너무 식었다. 간장 없어요?"

형도 어묵을 먹나 보다.

나는 트럭 밖으로 내빼려다 엉덩이를 내려놓았다. 아줌마도 없는 트럭을 버려 두고 도망갈 순 없었다. 손님 둘은 자꾸만 '저기요.' 하며 나를 불렀다. 하는 수 없이 돌아앉았다. 될 대로 되라는 심정이었다.

"다 치웠어. 그냥 먹어, 형."

형은 어묵을 베어 먹다가 얼어 버렸다. 우리 둘 사이를 오가던 여자 시선이 형에게서 멈췄다. 움직이는 건 오물오물 여자 입뿐.

"뭐 하냐?"

형 물음에 나는 목소리를 가다듬었다.

"형은? 형은 뭐 하는데?"

형은 남은 어묵을 입에 넣고 나에게 꼬치를 던졌다.

"구멍! 뭐 하냐고?"

형 입에서 어묵 파편이 나왔다. 나는 곧바로 트럭에서 튀어나와 형 앞에 섰다. 항복이다. 형이 아버지를 닮아서 좋은 점은 화도 꼼꼼히

따져 보고 내는 거였다. 그러나 아버지가 없는 자리에선 그마저도 소용없다.

여자는 어묵을 또 하나 집어 먹으며 우리를 관찰했다. 생글거리는 걸 보니 아직 상황 파악이 안 되는 모양이다.

그때 기태 자전거가 차도를 건너왔다.

"김우현! 형!"

형은 나를 제쳐 두고 다짜고짜 기태에게 물었다.

"얘, 여기서 알바해?"

"아닌데, 얘가 분명 경찰 불러야 한다고 했거든요."

기태가 형에게 눈을 찡긋거리다가 나에게 딱 걸렸다. 둘이 내통한 냄새가 난다.

내가 노려보자 기태가 변명이랍시고 한마디 보탰다.

"뭔 일인지 모르지만 경찰을 불러도 형이 있어야 든든하지. 그치?"

형은 여자를 복지관 담 밑으로 데려가 가방을 주며 소곤거렸다.

"오늘만, 딱 한 번만. 주희야, 이 오빠가 부탁할게."

가관이다. 저런 형의 모습을 부모님이 봐야 한다. 뭘 잘못했는지 형이 달래고 어르는데도 주희란 여자는 화가 풀리지 않는 것 같았다. 여자는 오빠가 건네주는 가방을 확 잡아채더니 골목을 올라갔다. 후배인지 여친인지 몰라도 한참 어려 보이는데 형을 다루는 솜씨가 굉장했다. 여자에게 손을 흔드는 형 모습에 픽, 웃음이 나왔다.

기태에게 어묵을 내밀었다.

“먹어. 이것만 팔면 완판이야.”

열 시가 지나서야 아줌마가 왔다. 기태를 돌려보내고 형에게 상황을 설명하던 중이었다. 아줌마는 엎어질 듯 트럭으로 뛰어왔다.

“학생! 미안해. 아이고, 힘들어. 미안해, 얼른 가. 아이고, 숨차다. 이제 그만 가.”

아줌마는 가쁜 숨을 쉬며 말을 쏟아 냈다.

형이 아줌마에게 어떻게 된 것이냐고 따졌다. 나를 어떻게 아냐고 꼬치꼬치 물었다.

“학생이 단골이라 잠깐 맡긴 거야. 별거 아니야. 열받지 마. 일단 가. 학생도 늦었고 나도 늦었어.”

이왕 늦은 거, 아줌마가 형에게 말을 잘해 주길 바랐다. 아줌마가 늦은 이유도 알고 싶었다. 준비해 둔 음식을 몽땅 다 판 것도 칭찬받고 싶었다. 그러나 아줌마는 무조건 가라고만 했다. 빨리 가 봐야 한다고만 했다. 아줌마는 나와 형을 남겨 두고 수레를 끌고 언덕을 올라가 버렸다.

자려고 누웠다가 벌떡 일어났다. 억울했다. 화가 났다. 내가 아줌마에게 화가 나는 건 당연하지만 형이 나에게 화를 낼 이유는 없다. 아줌마가 온 것으로 내 말이 모두 사실이라는 게 확인되었다. 나쁜 짓을 한 것도 아니고 집을 나간 것도 아니다. 집에 늦게 온 건 형도 마찬가지다.

나는 형 방문을 열었다.

"형, 라면 먹을 거야?"

"나가!"

휴대폰을 들고 있던 형이 버럭 소리를 지르더니 나를 밀어내고 문을 잠갔다. 부드럽게 대화를 해 보려던 시도가 무참히 망가졌다. 난, 난 잘못한 게 없다.

다음 날도 형에게서 독기가 뿜어져 나왔다. 자는 척, 소파에 누워서 꼼짝도 안 했다. 밥을 먹는 형이 나를 쏘아보는 게 느껴졌다. 형이 그릇을 던지다시피 치우고 욕실 문을 쾅쾅 닫아도 반응하지 않았다. 끝내 못 참겠는지 돌아누워 있는 나에게 잔소리를 퍼부어 댔다.

"그 아줌마가 누군 줄 알고? 트럭 봐줬다가 사고 나면, 일 생기면 어쩔 건데? 도대체 뭘 하고 다니는 거야? 왜 그렇게 생각이 없어? 제정신이야? 머리는 뒀다 얻다 쓸래? 제발 사고 좀 치지 마, 엉?"

그래 봤자 형 입만 아프다. 나는 자는 중이니까.

현관문 잠그는 소리가 났다. 벌떡 일어났다. 겨우 아침 여덟 시였다. 형이 나가는 걸 확인하려고 베란다 창문을 열었다. 형이 위를 올려다보고 손가락질을 했다. 깜짝 놀라 뒤로 물러났다.

밥통과 국 냄비가 비었다. 엄마가 만들어 놓고 간 장조림도 어묵볶음도 김도 다 떨어졌다. 형이 몽땅 털어먹고 갔다. 반칙이다. 먹는 건 형, 설거지는 나였다. 내가 아무리 설거지를 쌓아 놓았다고 해도 형은 밥을 해 놓아야지. 형이니까 그래야 한다.

고무장갑을 꼈다. 라면을 끓이려면 그릇이 필요하다. 오늘은 부모님이 돌아오는 날이다. 설거지를 조금 더 하기로 했다.

엄마와 아버지는 오후에 돌아왔다. 엄마는 오자마자 냄새가 난다고 창문을 다 열어젖혔고 아버지는 컴퓨터를 켰다. 두 분은 컴퓨터 앞에서 뭔가를 열심히 의논했다. 내가 옆으로 가서 보려고 하자 화면을 꺼 버렸다. 이상했다.

잠시 후 아버지가 수첩을 꺼냈다.

"이삿짐센터가 여덟 시, 부동산엔 열한 시, 저쪽 집 가구 배달이 세 시, 가스 연결 다섯 시……. 오늘 기태 온다고 했고."

아버지가 수첩에 적힌 것을 읊다가 나를 불렀다.

"우현아, 기태가 내일 새집까지 간다고 하든?"

"아니요, 잠만 자고 아침에 갈 거예요."

아버진 그것도 적는 눈치였지만 나는 눈길도 주지 않았다. 수첩을 힐끔거리는 시늉만 해도 아버지는 불같이 화를 냈다.

아무에게도 수첩을 보여 주지 않는 게 아버지의 또 다른 철칙이었다. 엄마가 잘못된 걸 짚어 주려 해도 수첩을 감추고 획 돌아앉았다. 형이 무심코 아버지 수첩을 열어 보았다가 혼이 난 적도 있었다. 그러나 이젠 보지 않아도 아버지 옆에만 있으면 수첩에 무엇이 적혀 있는지 알 수 있다. 오늘처럼 수첩에 있는 것을 반복해서 읽는 바람에 옆 사람이 다 외울 정도다.

"김우현! 너, 화려하다."

컴퓨터 화면엔 내가 놀았던 흔적들이 쉴 새 없이 떴다. 지운다고 지웠는데 어디에 숨어 있던 것들인지 많이도 남았다. 아버지가 수첩을 덮고 숙제 검사를 시작했다.

"나흘 동안 한 거 다 가지고 와. 필현이랑 공부한 것도 가지고 오고."

한 게 없으니 가져올 것도 없다. 그동안 형도 나에게서 손을 떼고 있었다.

"아버지, 조금 전에 짐을 다 싸서 어느 상자에 들어 있는지 모르겠어요. 내일 새집에 가서 보면 안 될까요? 지금 기태 만나러 가야 되거든요."

이럴 줄 알고 아침에 설거지를 하며 핑계를 생각해 뒀다.

아버지는 나와 수첩을 번갈아 보다가 내키지 않는 표정으로 허락해 주었지만, 엄마는 현관 앞까지 따라와서 나를 노려보았다. 뒤통수가 뜨거웠다.

우선 트럭으로 갔다. 어제 아줌마에게 못 들은 이야기를 들어야 한다. 트럭을 봐주는 마지막 날인 오늘은 늦지 말고 일찍 돌아와 달라고 부탁할 생각이다. 그 후 기태와 함께 집으로 가면 된다.

어스름이 내린 골목을 비추는 트럭 불빛이 반가웠다.

트럭엔 빵모자를 쓴 얼굴이 갸름하고 날씬한 아줌마가 앉아 있었다.

"뭐 줘?"

아줌마가 물었다.

"여기 아줌마는요?"

"다들 그 아줌마만 찾네. 그 아줌마, 남의 걸로 인심 팍팍 썼나 봐."

꼬치에 어묵을 끼우던 빵모자 아줌마 말투가 배배 꼬였다. 아줌마는 자신이 주인이라고 했다. 어깨 수술을 하는 바람에 그동안 다른 사람에게 맡긴 거란다.

"그 아줌마 이제 안 와요?"

"올 일 없어. 아파도 내가 하고 말지, 그 아줌마한테는 안 맡겨. 아주 멋대로 장사했더라고. 맛은 똑같으니까 자주 와."

주인아줌마는 계속 구시렁댔다.

나는 아무것도 먹지 않았다. 슬프기도 하고 서운하기도 하고 무엇보다도 화가 났다. 푸드 트럭 아줌마를 만날 방법이 없었다.

4

우리는 자다가 방에서 쫓겨 나왔다. 거실엔 벌써 이삿짐센터 아저씨들이 신발을 신은 채 드나들고 있었다. 그 와중에도 형과 아버지는 식탁에서 식사를 한다. 아버지는 이삿짐센터가 약속 시간보다 삼십 분이나 일찍 왔다고 했다. 그러니 우리가 밥을 먹을 때까지 그쪽에서 기다려야 한다고 우겼다. 기태도 아버지 앞으로 불려가 억지로 수저를 들었다.

아버지가 수첩을 펼쳤다.

“놀러 와라. 음, 그래. 3월 넷째 주 토요일에 점심 먹으러 와라. 밥 먹고 우리 집 텃밭 일도 하고. 어머니께 5월부터 야채는 사지 말라고 해라.”

아버지는 이사를 가면 텃밭을 가꿀 거라며 기태에게 밭에 심을 야채 목록을 읽어 주었다.

기태는 잔뜩 일그러진 얼굴로 식탁 밑으로 나에게 발길질을 했다. 녀석은 우리 가족과 낚시를 다녀서 아버지를 겪어 봤지만 이정도일 줄은 몰랐을 거다. 그러나 아버지 수첩에 적힌 계획을 어쩌겠는가. 그 방식을 나에게 강요하지 않는 것만으로도 다행인걸.

우리는 빠르게 밥그릇을 비웠다. 빨리 먹어야 빨리 벗어날 수 있었다.

"야, 새집에 놀러 가는 건 생각 좀 해 봐야겠다."

"그러든가."

시큰둥한 내 반응에 기태가 놀렸다.

"짜식, 나랑 헤어지는 게 그렇게 슬프냐?"

기태는 어제부터 입을 꾹 닫은 나에게 불만이었다. 기태가 처음으로 내 방에서 자고 가는 날이었지만 나는 들뜨지도 기쁘지도 않았다. 갑자기 사라진 아줌마 때문에 어제부터 완전히 기분을 잡쳤다. 부스스한 긴 파마머리를 묶은 넓적하고 빨간 아줌마 얼굴이 자꾸만 생각났다. 따져 보면 아줌마는 토스트를 파는 사람일 뿐이고 나는 잠깐 트럭을 지켰을 뿐이다. 아무리 그래도 궁금증만 잔뜩 남기고 사라지는 건 말도 안 된다.

나는 트럭 쪽으로 길을 잡았다. 두 시가 되려면 멀었지만 주인이 왔으니 좀 더 일찍 장사를 시작할 수도 있었다. 새집으로 가기 전 한 번만 더 확인하고 싶었다. 한 달간 주인 대신 트럭을 봐준 아줌마에 대해 알고 싶었다. 정말 형 말처럼 뭐에 홀린 것 같다. 속은 것 같기도 하고 손해를 본 것 같기도 하다. 뭐라도 알아내야지, 그러지 않고서는 찝찝한 이 상황에서 벗어날 수가 없다.

"어쭈, 한마디만 더 하면 울겠다."

속도 모르는 기태가 자전거를 끌며 놀렸다.

"너도 이제 생각이라는 것 좀 하고 살아. 인생이잖아. 짐생이 아니잖아."

"짐생은 또 뭐냐?"

"인생! 사람이 사는 거. 짐생, 짐승처럼 사는 거."

"그건 축생 아니야?"

기태가 어려운 말을 한다. 생각을 하긴 하는 것 같다.

잠깐 만난 아줌마가 궁금해지고 또 화가 나는 건 내가 인간이기 때문이라고 결론 내렸다. 잠깐 만나도 따뜻한 말을 해 주던 아줌마였기 때문에 생각나는 거라고. 그래야만 스스로에게 납득이 갔다.

기태가 약을 올렸다.

"너, 사춘기 맞나 봐. 형이 그러는데, 넌 작아서 사춘기도 늦게 오는 거라고."

"야, 그 빤뜨시 이야기는 하지도 마."

기태는 형 별명에 얽힌 사연을 듣고 숨넘어갈 듯 웃었다.

"정확히 말하면 빤뜨시 2세 아니냐? 오늘 보니까 아저씨 완벽주의 캐릭터가 레벨 업된 것 같더라."

"매일매일 레벨이 상승하지."

기태는 떼어 낸 베란다 창문으로 이삿짐 사다리가 요란하게 올라와도 꿋꿋이 밥을 먹는 아버지가 대단하다고 했다. 나도 아버지와 형이 평소처럼 아무렇지도 않게 밥을 먹는 모습이 떠올라서 웃음이 났다. 개그 프로그램에 쓰면 딱 좋을 장면이었다.

"우리 형이 알바 그만둬서 어쩌냐? 또 네가 대타해야 하는 거야?"

"알바생 진작 구했지. 그게 언젠데."

기태는 형이 아르바이트를 그만둔 지 두 달도 더 지났다고 했다.

"정말이야?"

집에서는 어제까지 형이 기태네 편의점에서 일을 하는 걸로 알고 있었다.

"필현이 형 과외하잖아! 몰랐어? 나한테 고등학교 영어 교과서도 빌렸어."

이럴 땐 기태가 김필현 동생인 것 같다. 형은 역시 수상쩍었다. 나에게도 있는 영어 교과서를 기태에게 빌렸다는 건 감추고 싶은 뭔가가 있다는 뜻이다. 구멍이 빤뜨시의 빈틈을 걸러 낼 정도면 틀림없다.

복지관 앞이 허전했다. 갓길에 주차되어 있는 차들 사이로 삐죽이 올라와 있던 푸드 트럭이 보이지 않는다. 나는 뛰어가 복지관 모퉁이 담에 섰다. 트럭이 있던 자리엔 다른 차가 주차되어 있었다. 담을 따라 아래위를 오르내리며 살펴봐도 트럭이 보이지 않았다. 주인이라는 아줌마는 트럭 운전을 잘하는 사람인가 보다.

기태는 안절부절못하는 나를 다그쳤다.

"뭔 일인지 말 좀 해. 어묵 차는 왜 찾는데?"

"어묵 차가 아니라 토스트 트럭이거든."

나는 그동안에 있었던 일을 털어놓았다.

"정말 트럭에서 알바를 했단 말이야?"

"알바가 아니고 잠깐만 봐준 거라니까."

기태는 그게 바로 아르바이트라고 했다.

아줌마 정체를 알아내기는 글렀다. 사람도 사라지고 트럭도 사라졌다. 푸드 트럭 일은 당황스럽게 시작해서 황당하게 끝났다. 푸드 트럭과도 아줌마와도 이대로 끝이었다.

기태와 헤어져 집에 오니 이삿짐을 실은 차는 이미 떠나고 없었다. 아버지와 형은 부동산에 일을 처리하러 갔다. 엄마와 나는 마지막으로 집을 돌아보았다. 신발을 신고 마구잡이로 들어가는 게 찝찝했지만 집은 더 이상 먹고 뒹굴던 곳이 아니었다. 알맹이가 빠져나가서인지 한나절 만에 폭삭 늙어 보였다. 몹시 초라했다.

내 방이었던 곳엔 벽에 가구 모양만 그림자처럼 남았다. 방을 나가려는데 벽 귀퉁이에 눈금이 촘촘히 그어져 있는 게 눈에 띄었다. 내 키를 잰 흔적이었다. 엄마는 어릴 적부터 작았던 내 키에 유난히 신경을 썼다. 나는 벽에 등을 붙이고 손으로 키를 어림잡아 보았다. 마지막 눈금에서 손가락 한 마디쯤 더 올라와 있었다.

"엄마, 나 컸어."

엄마가 와서 보더니 크긴 크는구나, 했다. 키가 큰 흔적을 두고 가기가 아깝다. 눈금들이 아무리 가볍고 작아도 이삿짐에는 싸지 못한다. 챙겨야 할 것을 남겨 두고 필요도 없는 것들만 잔뜩 가져가는 것 같다.

형과 둘이 중국집에 마주 앉았다. 두 시가 넘은, 늦은 점심이었다.

"형 여친이야? 어묵 먹던…… 주희?"

형은 못 들은 척 짜장면을 먹는다.

"뭐, 동안 외모에 귀엽게는 생겼더라. 같은 학교야?"

한마디도 하지 않는다. 하여간 뒤끝 작렬이다. 나도 형과 말 섞는 걸 그만두고 짜장면을 비볐다.

순식간에 그릇을 비운 형이 물었다.

"내 방에 있던 영문법 책 못 봤어?"

"아, 그거? 내가 챙겼어."

"누가 네 맘대로 가져가래?"

또 시작이다. 둘만 있으면 본색을 드러낸다.

"예습하려고. 형, 예습 복습 좋아하잖아."

형은 입속에 바람을 잔뜩 집어넣고 눈을 내리깔았다. 터지기 직전이다.

별것도 아닌 걸로 또 열을 낸다. 형과의 사이가 점점 더 벌어진다. 지난여름, 가출을 하려다 걸린 일로 생겨난 틈이 이젠 다리가 찢어질 정도로 넓어져서 버티기 힘들다.

형은 아직까지도 나에게 왜 가출을 하려고 했냐고 묻지 않았다. 지금이라도 묻는다면 말해 줄 수 있다.

'혼자서 얼마나 살 수 있나 시험해 보고 싶었어. 그냥 나 혼자이고 싶었어.'

형과 부모님이 나를 과하게 챙긴다는 걸 깨달은 건 초등학교 때였지만, 그것들이 불편해지기 시작한 건 중 1때였다. 그들은 챙겨 주다 못해 뭐든지 대신해 주려고 했다. 머릿속에 집어넣는 공부도 할 수만 있다면 대신해 주었을 거다. 난 거기에서 벗어나려다 실패했다.

우린 서로를 모른 척하며 버스를 기다렸다.

그때 형이 전화를 받았다.

"네, 엄마."

빨리 오라는 전화구나 생각하는데, 형 목소리가 한 옥타브 올라갔다. 곧이어 눈이 휘둥그레지더니 버스 노선을 보다가 나를 보다가 하면서 우왕좌왕한다.

서둘러 전화를 끊더니 아버지가 다리를 다쳐서 병원에 실려 갔다는 것이다. 형은 병원으로 가고 나는 집으로 가야 한다고 했다.

"어쩌다가?"

"몰라, 가 봐야 알지."

형이 버스를 타고 먼저 떠나고 나는 새집을 찾아갔다. 가는 도중 어디쯤 왔는지를 묻는 엄마 전화를 두 번이나 받았다.

집은 도시를 벗어난 외곽에 있는 전원주택 단지였다. 십 분만 걸어

가면 나지막한 산이 있어 공기가 좋다고 했다. 입주를 시작한 지 한 달밖에 되지 않은 주택 단지는 잎도 달지 않은 앙상한 어린 묘목과 마무리되지 않은 조경 공사 때문에 춥고 어수선해 보였다. 반원 계단으로 층을 이룬 비탈에 세워진 집들 중 우리 집은 세 번째 언덕에 있었다.

엄마는 이삿짐센터 아저씨와 계산을 하고 있었다. 나는 시키는 대로 창문을 잠그러 방마다 돌아다녔다. 집 안으로 겨우 짐만 들여 놓은 상태였다. 포장을 뜯지도 않은 새 가구와 상자들이 섞여서 엉망이었다. 엄마는 짐을 제자리에 놓을 시간이 없다고 했다.

아버지는 엄지발가락이 부러져서 깁스를 했다. 형은 혼자서 진땀을 빼고 있었다. 아버지가 아프다고 하소연을 하다가도 자꾸만 집으로 가자고 조르기 때문이었다. 병원에서는 조심하지 않으면 핀을 박는 수술을 해야 될지도 모른다고 했다. 형은 이삿짐으로 엉망인 집에 들어가도 쉬지 못하니 하루만 입원을 하자고 아버지를 설득하는 중이었다.

아버지가 침대에서 내려오려고 했다.

“우현아, 내 신발 찾아봐라.”

엄마가 아버지를 막아섰다.

“짐 다 들어왔으니까 나머진 우리가 알아서 해. 내일 아저씨들이 와서 무거운 것들 자리 잡아 주기로 했어.”

그래도 아버지는 고집을 부렸다.

"내가 직접 봐야지. 일을 태산같이 쌓아 두고 다 여기 오면 어떡해?"

엄마는 병원에 있는 게 우리를 도와주는 거라고 한사코 말렸다. 억지로 아버지를 눕혔다. 형이 이불을 덮어 주었다.

눈을 감고 끙끙거리던 아버지가 몇 시냐고 물었다.

"다섯 시 지났어요."

"엉, 다섯 시가 지났어? 가만있자, 수업 준비해야 하는데."

엉뚱한 아버지 말에 나는 '네? 수업요?' 하고 물었다.

엄마가 형에게 나를 데리고 나가라고 했다. 형은 고개를 젓고는 의자에 털썩 주저앉았다. 엄마는 서둘러 외투에서 수첩을 꺼내어 아버지 손에 쥐어 주었다.

"개학은 아직 멀었어. 수업 준비는 천천히 해."

아버지가 수첩을 들여다보다가 벌떡 일어났다.

"아파트 잔금 받아야지, 그냥 짐을 빼면 어째?"

아버지 표정이 너무 심각해서 나는 정말 돈을 안 받은 줄 알았다. 이사는 아이템을 사고파는 것과는 비교도 안 되는 큰돈이 오가는 거래였다.

엄마가 무슨 말인가 하려는 순간, 아버지가 이마를 퉁퉁 때렸다.

"참, 참. 통장 확인했지. 아이고, 머리야."

그러다가 피아노가 왔냐고, 정말 이상한 걸 물었다. 우리 집엔 피아노도, 피아노를 치는 사람도 없었다. 도대체 아버지가 무슨 말을 하는지 모르겠다. 엄마는 지쳤는지 아버지 말을 제대로 집어 주지도 않는다.

"왔어. 피아노가 가장 먼저 왔잖아. 걱정 말고 한숨 자."

아버지가 수첩에 뭔가를 적어 내려갔다. 다음 장으로 넘겨서 길게 적었다. 그러곤 수첩을 꼭 안고 눈을 감았다. 간간이 아버지 얼굴이 통증 때문에 일그러졌다.

엄마는 아버지가 이사 스트레스에 발가락이 부러지는 고통까지 겹쳐서 정신이 없는 거라고 했다. 더구나 진통제를 맞아서 더 힘들어하는 거란다. 아버지 성격에 이삿짐을 버려두고 병원에 누워 있는 건 용납할 수 없는 일이었다. 문득 궁금해졌다. 아버지는 당신의 시간과 생을 왜 그렇게도 완벽하게 통제하고 싶은 것일까?

형과 나는 집으로 돌아왔다. 형은 필요한 것들을 챙겨서 밤늦게 엄마와 교대하기로 했다.

집으로 가는 언덕을 오르며 물었다.

"발가락은 왜 부러진 거래?"

"피아노 때문이래."

칫, 그것도 농담이라고. 횡설수설하는 아버지 말이 뭐가 재미있다고 써먹을까? 형은 콧방귀를 끼는 나에게 콧방귀로 받아쳤다.

5

그날은 발에 걸리는 것들만 벽으로 밀어 두고 엄마와 한 침대에서 자야 했다. 다음 날 아침 일찍 이삿짐을 정리해 줄 사람들이 왔다. 이삿짐센터에서 일하는 사람들은 항상 이른 시각에 일을 시작하는 모양이다.

나는 집 구경을 했다. 방도 거실도 아파트 것들보다 작았다. 내 방엔 붙박이장이 있었고, 창밖으로는 아래쪽 집들과 도로가 훤히 보였다. 다용도실 문밖은 공터였다. 아버지가 텃밭을 만들 곳이었다. 현관 밖이 곧장 땅이라는 게 신기했다.

아저씨들은 가구들을 빠르게 제자리에 놓았고, 엄마는 아줌마와 함께 주방을 정리했다. 상자들이 각자의 구역으로 옮겨 가면서 거실도 차츰 모습을 드러냈다.

나를 깜짝 놀라게 한 건 피아노였다. 아버지가 말한 피아노가 정말로 있었다. 우리 집은 피아노를 가져 본 적이 없었다. 어릴 적에 피아노를 사 달라고 아무리 졸라도 부모님은 이사를 자주 다녀서 망가진다며 사 주지 않았다. 뒤늦게 내 소원을 들어줄 리는 없었다. 새집이니 누군가 쓰다가 놓고 간 것도 아니었다. 도레미, 건반에선 멀쩡한 소리가 났다.

"엄마, 이건 뭐 하러? 설마 좁은 집에 장식용으로 들여놓은 건 아니지?"

엄마는 피식 웃었다.

"이십 년도 넘은 중고가 무슨 장식용이야?"

뒤늦게 재능을 발견했냐는 농담에 엄마는 또 웃어넘겼다.

오후에 아버지가 집으로 돌아왔다. 강제로 입원을 한 게 분한지 몸이 불편해서인지 사사건건 짜증을 냈다. 목발을 사용하는 게 서툴러서 택시에서 내려 집으로 들어오는 얼마 안 되는 동안에도 예민하게 굴었다. 안으로 들어오자마자 목발 길이가 안 맞는다고 투덜거렸다. 나중에 알고 보니 어제저녁부터 오늘 병원을 나설 때까지 목발 길이 때문에 간호사들을 들볶았다고 했다.

아버지는 집을 둘러보다가 관리실로 전화를 했다. 신경이 곤두서서 이것저것 따지다가 그것도 성에 안 차는지, 형을 데리고 아예 관리실로 찾아갔다. 아버지를 누가 말리겠는가. 일주일만 지나면 이 집 주인이 꼼꼼하다 못해 유별나다는 소문이 단지 안에 퍼질 것이다.

저녁을 먹고 각자 짐을 정리했다. 나는 벌러덩 드러누워 낯선 벽지를 쳐다보았다. 이제야 집이 바뀐 게 실감 났다. 깜빡 잠이 들었다가 밖에서 들리는 소리에 벌떡 일어났다. 금방이라도 아버지가 방문을 열고 그동안 공부한 것들을 가지고 오라고 할 것 같았다.

상자를 열었다. 내 것이 아니어서 밀쳐 두고 다른 것을 열었다. 그것도 내 것이 아니었다. 두 상자 모두 아버지 물건이 들어 있었다. 어디선가 받은 상패도 있었고, 제자들에게서 받은 편지와 근무했던 학교 졸업 앨범도 있었다. 다른 상자에는 공책과 수첩이 가득 차 있었다.

수첩은 오래된 것들이었다. 나는 그중 하나를 펼쳐 보았다. 2월 23일, 오늘 날짜에 '김우현 중학교 예비 소집 10시' 라고 쓰여 있었다. 또 다른 수첩 첫 장에는 '잊으면 안 된다. 기록하지 않으면 안 된다!'라고 구호같이 큼지막하게 쓰여 있었다. 호기심이 일었다. 나는 잡히는 대로 아무 수첩이나 읽어 나가기 시작했다. 공백이 없이 빼곡한 곳도 있었고 단 몇 줄로만 채워진 곳도 있었다. 학사 일정이나 약속 장소가 적혀 있는가 하면, 학생을 상담한 내용이 적혀 있기도 했다.

한참 수첩에 빠져 있는데 벌컥 문이 열렸다. 형이었다. 형은 바닥에 널려 있는 것들을 보고는 입에 바람을 불어 넣었다가 푸우 뱉었다.

"아니, 내 건 줄 알았는데 이런 게 들어 있네."

사실인데 영 자신이 없다. 수첩을 건드린다는 건 아버지에게 대드는 것과 같은 것이다. 나는 얌전히 수첩들을 상자에 담았다.

형은 내 물건이 든 상자를 방으로 들여놓고는 뭔가 생각하는 눈치였다.

"하여간 허술해. 빨리 끝내."

형이 방문 손잡이에 있는 잠금장치를 딸깍 누르고 문을 닫고 나갔다.

형이 그냥 나갔다. 아니, 문을 잠가 주고 갔다. 놀라운 일이었다. 마음이 급했다. 형이 눈감아 주기는 했지만 언제라도 아버지가 나를, 혹은 수첩이 든 상자를 찾을 수 있다.

나는 본격적으로 수첩을 뒤졌다. 뭔가를 훔쳐보는 일이 최고로 재미있다. 더구나 아무도 손을 못 대는 아버지 것을 본다는 생각에 몸에 짜릿짜릿 전류가 흘렀다.

아버지는 한 해에 네댓 개의 수첩을 썼다. 수첩을 후루룩 훑으며 읽다가 한 곳에서 멈췄다.

더 이상 담임은 안 된다.

더 이상 실수는 안 된다.

이 년 전 수첩이었다. 그 아래엔 2학기부터 다른 학교로 출근을 한다고 적혀 있었다. 아버지가 몇 년 전부터 학교에서 담임을 맡지 않는다는 건 이미 알고 있었다. 모임을 그만두었다는 글과 병원에 다녀온 기록이 간간이 눈에 띄었다.

한참을 뒤진 끝에 아버지가 사소한 일들까지 꼼꼼하게 기록하는 이유를 찾아냈다. 아버지는 당신이 맡은 수업을 잊고 들어가지 않은 날이 여러 번이었다. '반장이 부르러 왔다.'고 적힌 날도 있었고, '박 선생이 찾아왔다.'고 적힌 날도 있었다.

실수는 학교에서뿐만이 아니었다. 세미나에 늦은 날, 모임 장소를 찾지 못한 날도 있었다. 아버지는 실수를 한 어느 날, '내가 어떻게 되려고 이러나? 사는 게 겁이 난다.'라고 글을 마쳤다. 더 이상 담임을 맡지 않고 매년 학교를 옮기는 건 자발적이면서도 학교에서 요구한 일이었다. 어떤 수첩은 마지막 장에 번호가 쓰여 있었다. 2같이 작은 숫자가 적힌 곳도 있었지만 대부분 큰 숫자로 수첩이 끝이 났다. 가만히 보니 숫자는 아버지가 실수라고 넘기기엔 심각한 수준의 잘못을 한 횟수였다.

아버지가 수첩을 보며 소리 내어 말하는 게 다는 아니었다. 수첩에는 아버지 속살 같은 것들이 담겨 있었다. 우리에게 한 번도 말한 적 없는 고민의 무게가 하루로 또는 한 달로 묶여 있었다. 어떤 수첩에서는 뜬금없이 '소중한 막내'라는 글이 튀어나왔다. 부끄러워서 얼른 덮었다.

건망증이라고 여겼던 증상이 퇴행성 뇌 질환인 알츠하이머 초기 증상일 수도 있다는 진단을 받은 이 년 전엔 숫자가 5로 끝이 났다. 가장 놀라운 건 아버지가 이미 퇴직을 했고, 작년엔 기간제 교사로 일했다는 사실이었다. 작년의 두 번째 수첩에는 치매 예방 학교를 다녀온 소감이 쓰여 있었다. 아버지에겐 더 이상 교사 연수 같은 것이 필요 없었다. 며칠 전 4박 5일 동안에도 아버지와 엄마는 치매 관련 캠

프에 다녀온 것이었다.

똑같이 생긴 스프링 공책은 수업 내용을 적은 것들이었다. 같은 내용이 여러 번 반복된 곳도 있었다. 아버지는 수십 년 동안 가르쳐 온 것들이 머릿속에서 한순간에 훅 날아가 버릴까 봐 몇 번이나 되풀이해서 쓰고 있었다.

아버지 점퍼 왼쪽 속주머니에 있을 올해 수첩을 훔쳐보고 싶다. 지식을 가르치는 교사에게 기억이 지워진다는 건 치명적이다. 아버지에게 닥친 구멍은 너무도 컸다. 완벽주의 아버지가 책임감을 못 이겨 담임을 그만두고, 결국 퇴직을 한 거였다. 그러나 나는 아무것도 눈치채지 못하고 있었다.

그동안의 아버지 행동을 곰곰이 따져 보았다. 나는 집안일에도 세상일에도 관심이 없었다. 신경 쓰지 않아도 잘 돌아가는 날들이었다. 나에겐 형이 있고, 초등학교와 중학교 생활을 너무도 잘 아는 부모님이 있어서 내가 나서야 할 일이 없었다. 아버지가 담임을 맡지 않은 일이나 평교사로 남겠다는 것은, 그저 아버지의 소신 있는 교육 철학이라고 여겼다. 주말에 외출도 하지 않고 수첩만 들여다보는 것을 볼 때면 별나다고, 지겹다고 생각했다. 오래 전, 아버지가 집을 못 찾겠다고 술주정을 한 날에도 야식 먹긴 글렀다고 투덜거렸을 뿐이다. 아버지는 그때 이미 스스로를 의심했을지도 모른다.

나는 깨달았다. 아버지가 스스로 구멍을 메우려 하고 있다는 걸. 당신의 구멍을 내보이지 않으려고 사소한 것들까지 수첩에 적는다는 걸. 수첩을 훔쳐보는 나를 눈감아 준 형은 이 사실을 알고 있는 게 틀림없었다.

새집에서 맞는 첫 번째 밤이 왔다. 불이 켜진 집이 많지 않았다. 밤하늘이 밤답게 새까맸다. 도시는 생각보다 더 멀어 보였다. 나는 밤늦도록 아버지 수첩을 읽고 또 읽었지만, 아버지에게 생긴 구멍이 얼마나 큰지 가늠하지 못하겠다. 그 구멍 안까지 깊숙이 들여다보는 게 겁이 났다.

나에게 기억이란 키를 재는 벽 귀퉁이 눈금처럼 층층이 쌓이는 것이지만, 아버지에겐 허물어지기 시작하는 돌담 같은 것이다. 비바람이 들이치기 전에 사잇돌을 단단히 끼워 넣어 무너지지 않게 지켜야 하는 것인지도 모른다. 기억 속에 있는 물건들을 버리지 못하고 끝내 이곳으로 가지고 온 아버지 마음이 이해가 되었다. 애쓰지 않아도 저절로 지워지는데, 남아 있는 기억을 일부러 없애고 싶지는 않은 거였다. 아버지에게 남아 있는 기억이란 내일을 살기 위해 필요한 어제 같은 것이었다. 그동안 유별나 보였던 아버지 행동이 흩어진 구슬을 꿰듯 맞춰졌다.

아무도 말해 주지 않았지만 피아노를 들여놓은 이유도 알 것 같았다. 아버지는 다양한 방법으로 스스로를 돌보려는 것이었다. 텃밭으로 쓸 공터도 꽤 넓어 보였다. 아버지가 이곳에서 새롭게 해야 할 일들이 참 많다.

아버지는 아침을 먹고 어김없이 수첩을 펴 들었다. 그 옆에는 메모가 빼곡한 서류철까지 펼쳐져 있다. 이사를 오면서 바뀐 것들이 무척 많았다.

"열 시에 관리실에서 보일러 점검 온다. 각종 서류, 열쇠는 안방 오른쪽 서랍에. 네 엄마는 양구 초등학교 3학년 2반 담임이란다. 나는, 음……. 우현인 입학하면 300-1번 버스 타고 영일로 사거리에서 47번으로 갈아타거나, 저전거로 영일로 사거리까지 가서 자전거를 보관소에 세워 두고 버스 타면 된다."

나는 아버지가 하는 말을 관찰했다. 아니, 아버지를 관찰했다. 아버지는 우리에게 알려 주는 정보로 당신 스스로를 점검하고 있었다. 아버지는 일상을, 오늘을 복습하고 예습했다.

"아버지, 내일 저녁에 입주자 모임 있다고 하셨죠?"

형 말에 아버지가 안경을 고쳐 쓰고 수첩 한곳에 줄을 그으며 고개를 끄덕였다.

그동안 형은 아버지가 빠뜨린 부분을 짚어 주는 역할을 하고 있었는지도 모른다. 형이 막아야 할 구멍은 내가 아닌 아버지로 바뀌어 있었다. 나를 포기한 걸 보면 두 가지를 한꺼번에 하기에는 벅찼나 보다.

"상자, 다 봤어?"

형이 대뜸 나에게 물었다.

놀란 나는 아버지와 형을 보았다.

형은 목소리를 가다듬더니 차분히 아버지를 불렀다.

"저기, 아버지. 우현이가 어제 짐 정리를 하면서……."

형은 지금 아무도 공개하지 않았지만 모두가 알아 버린 비밀을 터트리려고 한다.

"형, 형! 잠깐만! 형."

아직은 아니었다. 아버지 구멍을 아는 체하고 싶지 않다. 내 것과 아버지 것은 전혀 다른 생김새를 가졌다. 그러나 구멍을 가져 본 사람은 안다. 공개적으로 까발려지면 그땐 빼도 박도 못 하는 진짜 구멍이 되어 버린다는 걸.

지금은 가족 모두가 자신의 캐릭터에 맞는 자리를 지켜야 했다. 빤뜨시는 빤뜨시인 채로, 구멍은 구멍인 채로. 캐릭터가 바뀌면 지켜야 할 영역도, 갖춰야 할 아이템도 다 바뀌야 한다. 난 아직 그런 거창한 계획을 짜지 못했다.

아버지는 당신 스스로 구멍을 발견하고, 인정하고, 메우려 무진장 노력하고 있는 중이다. 아버지에게 닥친 구멍은 꽤 깊고 묵직했다. 그러나 스스로가 인정한 것이라면, 스스로가 메우려고 노력하고 있다면, 나 하나쯤은 모른 척 지켜보는 것도 나쁘지 않다. 나도 형처럼 수첩 내용을 슬쩍 귀띔해 주는 것으로 아버지의 노력을 도울 수 있다. 같이 구멍을 메워 드릴 수 있다.

"형, 궁금한 게 있어."

나는 고교 영문법 책을 식탁에 놓았다. 형이 낚아채려는 걸 잽싸게 손으로 막았다.

영문법 책엔 새집에서 알아낸 두 번째로 큰 비밀이 들어 있었다. 책 옆면엔 형 글씨체가 분명한 '오직 주희님♥한빛고 3'이라고 쓰여 있었다. 나는 형이 미성년인 여고생에게 날리는 하트의 의미를 캐내고 말리라 다짐했다.

영문법 책을 옆구리에 단단히 끼웠다.

"형, 편의점 알바 꽤 오래 했지? 그만둔 거지? 바로 어제."

예상대로 '바로 어제'에서 형이 움찔했다. 한 방!

아버지가 수첩을 한참 뒤적이더니 말했다.

"제대하고 육 개월 하고, 복학하고도 육 개월이나 더 했지?"

아버지는 안경을 아래로 내리고 눈을 치켜뜨며 형에게 확인을 받았다.

"형, 편의점 알바보다 고등학생 과외가 더 좋지 않아?"

형이 눈을 질끈 감고 컵을 내려놓았다. 두 방!

"그래, 필현이도 편하게 과외하는 거 어때?"

엄마 말에 형이 마지못해 대답했다.

"과외는 신경 많이 써야 해요. 이제 취업 준비 때문에 시간 없어요."

빤뜨시가 이제 뻔뻔하기까지 했다.

"맞아. 내가 작년에 과외 받아 봤잖아. 선생님이 처음엔 엄청 긴장하더라고. 그런데 자꾸 만나니까 조금씩 마음이 통하고, 안 보면 보고 싶고, 나중엔 귤도 나눠 먹고……."

형이 헛기침을 쏟아 낸다. 세 방!

형 기세가 완전히 꺾였다. 아무리 꼼꼼한 형이라도 이런 반전은 생각지 못했을 거다. 새 아이템을 가진 나를 한동안 공격하지 못할 거다.

엄마는 우리에게 새집이 어떻냐고 물었다.

나는 피아노를 향해 돌아앉았다.

"집은 모르겠고 피아노는 마음에 들어."

내가 지금까지 배운 것 중 자발적으로 선택한 건 피아노 레슨뿐이었다. 초등학교 졸업과 동시에 피아노 레슨을 그만둔 건 무척 아쉬웠다.

"나, 피아노 다시 배울까?"

"네가? 다음 주면 고등학생인 네가? 그거 너 치라고 들여놓은 거 아니다."

엄마가 비꼬았다.

아버지가 피아노 뚜껑을 열고 떠듬떠듬 건반을 눌렀다.

"아무나 치면 어때? 아버지도 배우세요. 멋지잖아요."

나는 피아노 앞으로 다가가 슬그머니 아버지 뒤에 섰다. 여전히 넓고 탄탄한 어깨가 앞에 있었다.

형이 재빨리 영문법 책을 챙기는 걸 모른 척해 주었다. 고소하고 통쾌하고 후련하다.

형이 방으로 들어가려다 말고 나에게 물었다.

"그러고 보니 우현이 다음 주에 입학식이네? 세탁소에서 교복 배달 왔지?"

아, 교복! 세탁소에서 가져다주었는데? 거실 책꽂이에 매달려 있는 걸 노려본 건 기억나는데, 어쨌더라? 지난밤에 푼 상자에는 없었다. 엄마도 모른다고 고개를 저었다.

나는 당황해 형을 보았다.

형이 문틈 사이로 씨익 웃는다. 들릴 듯, 말 듯.

"구멍!"

#구멍

첫판 1쇄 펴낸날 2017년 4월 7일
5쇄 펴낸날 2021년 9월 27일

지은이 은이결
펴낸이 박창희
편집 김수진 이민주 **디자인** 권은숙
마케팅 이상민 강이서 **회계** 양여진

펴낸곳 (주)라임
출판등록 2013년 8월 8일 제 2013-000091호
주소 경기도 파주시 심학산로 10, 우편번호 10881
전화 031) 955-9020, 9021 **팩스** 031) 955-9022
이메일 lime@limebook.co.kr **인스타그램** @lime_pub

ISBN 979-11-85871-68-4 44810
979-11-951893-0-4 (세트)

* 잘못된 책은 구입하신 서점에서 바꾸어 드립니다.
* 본서의 반품 기한은 2026년 9월 30일까지입니다.